人生偶得

赵克义 ◎著

人民东方出版传媒
东方出版社

图书在版编目（CIP）数据

人生偶得 / 赵克义 著 . —北京：东方出版社，2022.7
ISBN 978-7-5207-2768-6

Ⅰ.①人… Ⅱ.①赵… Ⅲ.①诗集—中国—当代 Ⅳ.① I227

中国版本图书馆 CIP 数据核字（2022）第 071815 号

人生偶得

（RENSHENG OU DE）

作　　者：赵克义
责任编辑：辛春来
出　　版：东方出版社
发　　行：人民东方出版传媒有限公司
地　　址：北京市西城区北三环中路 6 号
邮　　编：100120
印　　刷：万卷书坊印刷（天津）有限公司
版　　次：2022 年 7 月第 1 版
印　　次：2022 年 7 月第 1 次印刷
开　　本：880 毫米 × 1230 毫米　1/32
印　　张：7.25
字　　数：180 千字
书　　号：ISBN 978-7-5207-2768-6
定　　价：48.00 元
发行电话：（010）85924663　85924644　85924641

序一
人生，是无数个偶然的聚合

西哲有云："人是社会关系的总和"，此语的哲理何其深刻奥妙。

据此，作者克义为本书命名《人生偶得》时发挥道："人生，是无数个偶然的聚合。每个偶然留给人的偶得与偶失，便是人生的轨迹。"此语亦充满哲理。

为此，序者亦发挥道："诗就是大千世界作用于人的无数个偶然聚合的发现与描述，且这种发现与描述具有真、善、美、智的特质。而善于捕捉并表现人的偶得与偶失者即是诗人。"序者还将此意凑成一副联语"人生偶得皆佳料，情意兼收即好诗"，这也可算是一己之见吧。

其实"情圣"苏东坡早对人生的偶得偶失有过诗意般的阐述:"人生到处知何似,应似飞鸿踏雪泥。泥上偶然留指爪,鸿飞那复计东西。"不正是飞鸿偶然留在雪泥上的爪痕偶然触动了东坡的灵感,从而"妙手偶得之",才写下这深邃的诗句,寄寓了他漂泊坎坷的一生吗?

就《人生偶得》一书中的三部分内容而言,其中的两部分纯属偶然得之。

一部分是《三国演义》人物素描。小时候作者就常听大人说:"马中赤兔,人中吕布。"那口气,是绝对羡慕,绝对赞美!成人后,特别是有了一定的社会经历之后,对吕布就不那么崇拜了。为什么?原因就在诗里:"射戟辕门豪气足,群英战罢世惊呼。可怜利令身常卖,史上人称三姓奴。"于是作者便用平水韵以七绝的格式写了《三国演义》中的 100 个人物。这就使对他们的评价从茶余饭后的闲谈提升到理性的、诗化的高度。这使我想起了杜牧。他当年偶然在江边捡到一块铁镞,推想它是三国时期的遗物，便突发奇想，写下了那首著名的翻案诗："东风不与周郎便，铜雀春深锁二乔。"克义的题三国人物诗触机虽与杜牧不同，却也深得杜牧的意趣。

第二部分是在庚子新春，新冠病毒肆虐时整天宅在家里，无意中翻开了《中国古典诗词名句集韵》一书，忽然产生了集古人诗句成诗以消磨时光的想法。第一首，名之为《客居有思》："风尘为客日，诗酒老生涯。鬓入新年白，远书难到家。"之后他便以《庚子春杂咏》为题，一发而不可收地集了下去，浸润于高格雅韵之中，徜徉于清词丽句之间，欣喜于推陈出新之后，乐此不疲，乐在其中。这部分创作不但仍充满哲理，而且多了一份文人的书卷气。我想，当读者读到这些再创作之后，一定会有所启发，有所同感，发出"于我心有戚戚焉"的感慨，并从中领略到中国诗词的博大精深与无穷魅力。

书的第三部分是真正的杂咏。杂咏之杂，方方面面，看到什么，有了感觉就写点儿什么；

想到什么，触动了情思，就记录点什么。有忧国忧民的大主题，也有闲情逸致的小情调。但无论是哪方面的内容，都不是为"稻粱谋"，都不是"为赋新词强说愁"，更没有（也没有这个必要）"画眉深浅入时无"的惴惴不安。而这正是作者最擅长的内容，能充分发挥他思维敏捷的优势，善于捕捉生活中最具有诗意的题目；成就他感情充沛、笔力雄健、汪洋恣肆的写作风格；适合他语言清晰流畅、自如细腻的表达方式。他在写完集句诗之后所题的一首《水调歌头》可视为这类杂咏诗词的代表作："不待立春到，忽报疫情来。八方消息汹涌，真假任人猜。武汉封城令下，时在新年前夜，三镇锁空街。至此梦初醒，庚子又遭灾！　听号令，宅家里，学乖乖。开篇搜韵，拈来名句好抒怀。赞我中华儿女，上下同心勠力，铁帚扫阴霾。歌咏东湖水，曲出古琴台。"

作者在出版这部《人生偶得》之前，已经出版了三本诗文集，分别是《人生平仄》《人生悟语》《人生咏叹》。看来他是要将"人生

××"进行到底，不知他下一部"人生 ××"究竟是"什么"，这很值得读者期盼。

赵仁珪　2021 年酷暑谨序

赵仁珪：北京师范大学教授、博士生导师，中央文史研究馆馆员，中华诗词研究院顾问，中华诗词常务理事。

序二
却道天凉好个秋

克义兄继《人生平仄》《人生悟语》《人生咏叹》三本诗文集之后，新作《人生偶得》又要付梓了。嘱在下作序，勉为其难。

敝人与克义兄是三十多年的君子之交，通家之好。回首这弹指一挥间，竟也是一次小酌长叙的偶得。如今，均已过耳顺之年，更加珍惜这份情谊。故此，为赋此序，强说愁了。

《三国演义》脍炙人口，其中的人物描绘生动，耳熟能详。而克义兄的《三国人物素描》，是以七言绝句，素描了100位三国人物。其间多有新奇佳句，似有与"生子当如孙仲谋"比肩之态。

中华文明一个很重要的部分就是诗的文明。

自《诗经》以下，汉赋、唐诗、宋词、元曲，妙语警句，浩如繁星。国学大师王国维借用别人的三句诗词便描绘了人生的三种境界，启示了多少后人参悟。而克义兄的《集古人诗句》，按平水韵，重组古人诗句而成五绝、七绝。新诗、新意、新颖，令人耳目一新。

而《杂咏》部分，是克义兄最真实的偶得。物是人非，酸甜苦辣，跃然纸上。相信他的亲朋好友，读来会有与我相同的共鸣：高尚而真实；纯粹而融会；有情调而脱离低级趣味；有道德而不空泛。

三部分的偶得集合，真的不算少了。说是偶得，既非偶得，是名偶得。人从坐胎即是亿分之一精子与卵子偶然相遇的结果。从出生到成长，又是九劫十八难。健康长寿就更是难得。

相信读者会在偶然读后有自己的感悟与所得。我想作的序，其实就是一句话：欲说还休，却道这是本好书！

金洪戈　辛丑仲夏时节

目录
CONTENTS

第一部分 ▶ 三国人物素描…………001

第二部分 ▶ 集古人诗句为诗…………047

第三部分 ▶ 杂 咏………………133

代 后 记 ▶ 良师益友慰平生…………213

第一部分

三国人物素描

我为什么写素描三国人物的诗

（一）

我写素描三国人物的诗，纯属偶然。

2019年7月18日晨，走在雨后的明城墙遗址公园的甬路上，看到路旁的松枝上挂着雨滴，颗颗似泪，点点如珠。有所思，便作了小诗一首以记。

写罢一首小诗，继续在公园散步。走着，走着，脑子里便想到了三国时期的吕布。那是何等的人物？小时候就常听大人说"马中赤兔，人中吕布"。那口气，是绝对羡慕，绝对赞美！

成人之后，特别是有了一定的社会经历之后，对吕布就不那么崇拜了。为什么？我就将原因写进了四句小诗里，名之曰：素描吕布。

> 射戟辕门豪气足，
>
> 群英战罢世惊呼。
>
> 可怜利令身常卖，
>
> 史上人称三姓奴。

相信你，会懂的。诗的首句"足"字是入

声字，为仄。在这首诗中，首句是不入韵的。特此说明，以免误解。

（二）

18 日，素描吕布的诗写完后，就分别发给我非常尊敬的诗词方面堪称大咖的两位老兄征求意见。在得到了认可后，便于 19 日的微信朋友圈中发了出去。

写了素描吕布诗之后，觉得挺有意思，便又写了刘备、曹操、孙权。20 日又发到了朋友圈里。一位高中的老同学留言说："明天将诸葛孔明一并素描。"再后来，很多朋友都对我写素描三国人物给予了热情的关注和积极的支持。一位远在海外的大学校友鼓励我多写，可以结集出版。公园里锻炼的长我两轮的忘年交说："非常喜欢看，早上的第一件事儿就是看你的微信。"

本来，我每天写的诗都是发给两位老兄征求意见的。因为一位老兄正在为国庆 70 周年的文案工作而忙碌，自 7 月 29 日之后，我的诗就只发给一位老兄了。这位老兄每天都为我认真把关、悉心指导。

正是有了这么多朋友的关心与鼓励，到 8 月 21 日竟然完成了 100 位三国人物素描的任务。真的要谢谢各位的关注、支持和鼓励。

（三）

人们常说：万事开头难。我以为，这只是说了问题的一半。真正的难处在于要"善始善终，坚持不懈"。

我写素描三国人物诗，开始时还算是得心应手。写着，写着，就感觉到困难重重了。

作为四大名著之一的《三国演义》可谓是家喻户晓，人人皆知。不管你是否读过原著，由于连环画、评书、戏剧、影视等各类文学、文艺作品的广泛传播，《三国演义》中的众多人物形象均深深地烙印于人们的脑海中。如何用一首七言绝句，就把一个人物较为准确而形象地描写出来，的确十分不易。

为了准确地素描出每个要素描的对象，我

不得不从书柜里将《三国演义》（人民文学出版社 1992 年版）拿出来，放在床头枕边，以便随时查看。就这样，以前只看过一遍的《三国演义》，这次已经翻得书皮塑封张开了，书页有的快掉了，可以说，我是天天沉浸在《三国演义》之中。

（四）

从记事儿的时候起，就听大人们说："老不看《三国》，少不看《水浒》。"为什么？没有人给予具体说明。后来慢慢地明白了，原因大概如下。《水浒》里尽是说的打打杀杀，怕青少年看过后会打架斗殴；而《三国》里讲的多是勾心斗角，担心老年人看了后会更加老奸巨猾。我这次可是较为系统地看了不止一遍三国，可总觉得自己仍然是一个傻乎乎的半大老头儿！

我写素描三国人物诗，也是受了一位校友写的《诗吟三国》的启发。

记得 N 多年前，社会上很是热闹了一阵子《水煮三国》。至于水煮的味道如何，因为没有品尝过,不敢妄加评论。《诗吟三国》是我的大学校友雨霖先生2014年出版的一本以诗说三国的书。全书以《三国演义》为蓝本,按照小说里的故事情节,从桃园三结义,一直写到三分归一统。雨霖先生的诗不是规范的某一种诗体,而是有五言,有七言;有四句,有八句,有十二句。书中用诗的语言给我们重述了三国的故事,读后获益匪浅。

(五)

当年收到雨霖先生的赠书,读后并未产生也用诗写三国的冲动。这次写素描100位三国人物的七绝诗,纯属偶然。

我写的素描三国人物诗,完全是严格遵守平水韵,以七言绝句勾画出《三国演义》中的一个个人物。我所写的人物未必是历史上的真实,却绝对是小说中的真实。因为,我完全是依据小说对人物的描写去浓缩成诗的。有些诗句,基本就是小说中的原话。我所发的感慨,未必符合大众的评价标准,但却是我个人深深的思考。

素描三国人物，不求全，只求像。不看题目上的名字，读完四句诗后，您若能说出这首诗素描的是《三国演义》中的哪位人物，这诗就算是基本合格啦！！

（六）

在写素描三国人物诗的过程中，并无固定的先后顺序，也没有必须写哪个人物的硬性自我约束，一切都顺其自然。有时，本来是想写张三，可在翻书找感觉时，却发现了李四，并且对李四有了感觉，于是就去素描李四啦！

《三国演义》里人物众多，我没有做过认真的统计。昨天，一位高中的同学在微信里告诉我说：《三国演义》中描写了1000多个人物，有名有姓的大约四五百人。可是，许多名气不小的人物无论如何都找不到诗的感觉。而一些在全书仅露过一两次面，甚至连名字也没有的人物，反而给你带来了诗的灵感，使你不得不为他（她）们"画一幅素描"，写一首小诗。

我说的这些，不知各位朋友是否能够感觉得到？

（七）

说是写 100 位人物，写 100 首诗，但实际上写了不止 100 位人物，也不止 100 首诗。比如在写素描王经时，就不得不带上他那值得尊敬的连名姓都未留下的伟大母亲；在写素描李氏时，就不得不带出江油的蜀军守将马邈，因为李氏是马邈的夫人。

一首诗里涉及了两个或两个以上人物的情况时有发生。而为一个人物写了两首诗的，只有许攸一人。

许攸，字子远，少时曾与曹操为友，官渡之战时正在袁绍处为谋士。当他截获曹操急发许昌的催粮书信，向袁绍献计星夜掩袭许昌时，袁绍非但不听，还因其子侄之事，欲斩其头。后来，许攸投奔了曹操，并献计火烧乌巢，使官渡之战的走向发生了根本性的转变。看到此时，我便写了一首素描许攸的诗。

先侍袁郎后侍操，

良禽择木莫吹毛。

千条谋略锦囊里，

唯有乌巢一计高。

诗写完后，发给我的两位老兄求教。潘兄问了一句：许攸这么正面？我说：不可以吗？潘兄说：事出有因，也算一家之言呗……经我再三追问，潘兄告诉我说：通常称他为卖主之人，而非选择明主。但家人出事被抓，算事出有因吧！

此事，于我并未释然。

（八）

在反复翻阅《三国演义》的过程中，看到了如下两段文字：

却说曹操统领众将入冀州城，将入城门，许攸纵马近前，以鞭指城门而呼操曰："阿瞒，汝不得我，安得入此门？"操大笑。众将闻言，俱怀不平。……

……

一日，许褚走马入东门，正迎许攸。攸唤褚

曰："汝等无我，安能出入此门乎？"褚怒曰："吾等千生万死，身冒血战，夺得城池，汝安敢夸口！"攸骂曰："汝等皆匹夫耳，何足道哉！"褚大怒，拔剑杀攸，提头来见曹操，说许攸如此无礼，"某杀之矣"。操曰："子远与吾旧交，故相戏耳，何故杀之！"深责许褚，令厚葬许攸。……

读了这些文字，我忽然想起了许多影视作品中对此时许攸的描写：每日饮酒，酒后便胡言乱语，口无遮拦。祸从口出，信否？许褚杀了许攸，曹操的内心是高兴的。许攸这厮太不知天高地厚了。

认真想来，在三国各方势力的众多谋士中，许攸既非大智，又无大德。于是，我换个角度，用第一首诗的韵，写了首再描许攸：

因恨袁公便侍操，
乌巢一炬说功高。
酒酣街上言无忌，
发小难逃夺命刀？

（九）

《三国演义》中的众多人物，大致可以划分为三个主要群体。其一为领袖群体，如曹操、刘备、孙权者流；其二为谋士群体，如诸葛亮、周瑜、司马懿者流；其三为武将群体，如关羽、张辽、丁奉者流。

在这三个主要群体中的主要人物，凡能入诗者，都有较为明显的特点。不仅事迹突出，而且形象生动，能够找到比较独特的艺术视角。这方面无须赘述。需要多说几句的恰恰是那些人们耳熟能详，却没能进入 100 位人物之列，而人们并不太熟知的人物，甚至是有名无姓（貂蝉）、有姓无名（李氏）、无名无姓的人却入了列。为什么？凭什么？

既不为什么，也不凭什么。原因其实很简单，就是我对那些名气较大的人物，无论如何也找不到诗的感觉，而对于那些并不引人注目的人物却有了写诗的灵光一现。

每个人的心中，都有自己所喜欢的人物，都有那个人物留在自己记忆中的固有形象。

不再多唠叨了，马上结束这篇文字，结束关于《我为什么写素描三国人物的诗》的述说。在结束这篇文字之前，我忽然想到了《三国演义》的开篇词。这首《临江仙》本是杨慎写的《廿一史弹词》第三段说秦汉的开场词，罗贯中在创作小说《三国演义》时，把它借用过来作为全书的开篇。每当我读到这首词时，眼前就浮现出电视连续剧片头那波澜壮阔、万马奔腾的画面；耳畔便响起杨洪基那浑厚、沧桑，乃至还有几分悲壮、几许苍凉的歌声！

让我们再重读一下这首《临江仙》吧！作为我素描三国人物诗文的结束语。

滚滚长江东逝水，浪花淘尽英雄。是非成败转头空：青山依旧在，几度夕阳红。

白发渔樵江渚上，惯看秋月春风。一壶浊酒喜相逢：古今多少事，都付笑谈中。

吕布

射戟辕门豪气足,

群英战罢世惊呼。

可怜利令身常卖,

史上人称三姓奴!

刘备

结义桃园德不孤,

复兴汉室有宏图。

只因元直荐诸葛,

天下三分魏蜀吴。

孙权

霸业初成靠父兄,

张昭公瑾两干城。

连姻吴蜀笑千古,

赔了夫人又折兵。

曹操

群雄争霸起干戈，
汉魏兴衰无奈何！
碣石遗篇今尚在，
任由褒贬任吟哦。

诸葛亮

竭虑殚精报主公，
装神弄鬼借东风。
火烧一片新天地，
敢唱空城谁与同？

关羽

赤兔青龙五绺男，
情深义重美名谈。
风尘千里走单骑，
身后商家争设龛。

张飞

圆睁怒目气冲霄，
一脸钢髯矛一条。
字写袍襟夸白马，
声名鹊起当阳桥。

曹丕

洋洋清绮魏文才，
同室操戈究可哀。
即使群臣呼万岁，
洛神不与上仙台。

曹植

妙手文章赋洛神，
成诗七步最情真。
同胞何故难同室？
只为王权怒目瞋。

曹冲

聪慧孩童刮目看，

敢言称象笑群官。

若非命短早辞世，

社稷安能归子桓？

陈宫

博大胸怀品自高，

欲平天下有三韬。

白门楼上一番话，

无愧当年捉放曹。

王允

司徒妙计设连环，

有女貂蝉不一般。

许给吕郎仍许贼，

争风吃醋好锄奸。

黄盖

报主心甘献老身，

皮开肉绽竟如真。

诈降放得一江火，

樯橹灰飞化作尘。

祢衡

击鼓堂前为哪般？

不辞九死骂曹瞒。

赤身裸体立天地，

羞作沐猴衣锦冠。

徐庶

可怜孟德苦追寻，

人到曹营语失音。

皇叔厚恩无以报，

此生坚守是初心。

赵云

一战成名长坂坡，
烟尘四起血成河。
怀中幼主应无恙，
盖世功高当咏歌。

黄忠

长沙有幸战关公，
相惜惺惺品自同。
箭可穿杨虚射羽，
支支背后义和忠。

马超

自古英雄胆气豪，
挑灯夜战论低高。
绝尘一骑西凉马，
踏遍青山不恋槽。

马谡

此将忠心实可嘉，

不该海口漫天夸。

当知军令非儿戏，

失了街亭丢脑瓜！

何进

愚昧无谋还弄权，

中涓祸水后宫悬。

只因国舅国难救，

自此群雄战火燃。

董卓

本是人中一虎狼，

三军借诏起西凉。

进宫只手挟天子，

朝野官民遭祸殃。

孙坚

毒誓对天休乱发，
一朝应验断生涯。
跨江直取荆州去，
岂料归途尽白纱。

袁绍

四世三公泽后人，
举旗讨贼鼓声频。
自从官渡仓亭败，
一代枭雄化作尘。

许攸

先侍袁郎后侍操，
良禽择木莫吹毛。
千条谋略锦囊里，
唯有乌巢一计高。

貂蝉

闭月容颜义女情，

锄奸胜过虎狼兵。

只需几滴伤心泪，

便使连环功告成。

周瑜

满腹经纶济世雄，

三军统领大江东。

临终怒向苍天怨，

瑜亮同生太不公！

陆逊

苍髯莫笑小书生，

面对强军举若轻。

休说连营千百里，

付之一炬鬼神惊。

鲁肃

对主忠诚对友真，
世间少有这般人。
都言谋士多奸诈，
子敬行为实可亲。

黄权

如此忠心今古稀，
血流叩首口衔衣。
谁怜两个门牙落？
推出贤良哭不归！

王累

执章仗剑倒悬门，
苦谏主公休犯昏。
怒斥声中绳索断，
益州城内满忠魂。

张松

记忆超群貌不扬，
官称别驾侍刘璋。
许都此去藏图本，
卖主求荣引虎狼。

华佗

久享盛名医术高，
曹公头上敢开刀。
疑心谋害成新鬼，
天命原来不假操。

荀彧

每临大事必询卿，
无愧谋臣第一名。
九锡欲加何苦谏？
空盒了断此生情！

乔玄

不入朝堂不问权，

仙风道骨自悠然。

声声国老人人叫，

两婿江东谁比肩？

王朗

皓首苍髯七六翁，

两军阵前逞英雄。

司徒难忍武侯骂，

气满胸膛一命终。

姜维

博览群书兵法精，

长枪敢向赵云横。

若非诸葛巧施计，

伯约无缘师孔明。

孙策

押玺借兵图自强,

开基立业好还乡。

阵前挟喝樊于死,

从此人称小霸王。

吉平

国医医国败垂成,

断指堂前怒骂声。

释缚撞阶求一死,

千秋青史有称平。

董承

汉室存亡国舅忧,

诏传衣带密筹谋。

怒惩奴妾暗私语,

大业连同百命休。

田丰

顿首良言却作囚，

狱中仍为主公谋。

当知官渡三军败，

长叹一声我命休。

太史慈

北海酬恩助孔融，

神亭酣战两英雄。

城头乱箭急如雨，

射向东莱展翅鸿。

沮授

禁锁军中不自哀，

出征已令散家财。

因囚被获抉生死，

魂断江边难再回。

魏延

反骨先天脑后生，

长沙弑主为求荣。

军师早有锦囊计，

南郑横尸一任评。

孟达

先投皇叔再投曹，

多变如同墙上蒿。

意欲魏营重返蜀，

黄粱未醒命难逃。

丁奉

四朝元老冠三军，

助主锄奸不世勋。

无力回天归一统，

大江流去几乾坤？

司马懿

欣同诸葛作知音，

面对空城细听琴。

事魏自陈无异志，

难言二子有忠心。

司马昭

野心不怕路人知，

问鼎频频情最痴。

曹魏江山终改晋，

炎儿称帝应天时。

杨修

好耍聪明祸必多，

不该急切解曹娥。

令传鸡肋成刀剑，

削首辕门难再歌。

刘禅

后主终非治世才，

鞠躬尽瘁化尘埃。

寻欢北地不思蜀，

亡国心无半点哀！

周泰

何故堂前泪纵横？

两番救主赖周卿。

肤如刻画孤心痛，

一处伤痕酒一觥。

甘宁

百人百骑劫曹营，

处处犹闻喊杀声。

最是归来无折将，

甘宁从此有威名。

蒋干

不该信口乱吹嘘，

说客无功竟盗书。

操杀蔡张方省悟，

心中暗骂蠢如猪。

郭嘉

三韬六略锦囊中，

西出乌桓力主攻。

养病易州仍献策，

临终遗计定辽东。

张辽

绑缚城头仍骂操，

濮阳尔命本难逃。

刘关语出救文远，

威震逍遥名气高。

典韦

濮阳大战逞英豪，

虎穴龙潭走几遭。

铁戟一双能救主，

终将此命付风骚。

孟获

一代蛮王不自知，

屯兵泸水逆天时。

七擒七纵从长计，

心服归降终可期。

李傕

毕生都为太师谋，

兵起西凉巧运筹。

老丈若能听婿劝，

脐膏怎会作灯油？

孔融

无愧先人是圣贤，

让梨赢得美名传。

兴师讨贼旌旗猎，

化石此身难补天！

贾诩

建言李傕犯长安，

离去只因相处难。

张绣亦非真买主，

经纶满腹卖阿瞒。

许褚

典韦舞戟我刀横，

胜负难分操大惊。

手掣二牛能倒走，

如云战将有威名。

徐晃

英雄尽是好儿男，

刀斧相交战正酣。

弃暗投明存大义，

常同文远并双骖。

司马徽

（水镜先生）

松形鹤骨一高人，

闲散山居不入尘。

开口纵谈天下事，

南阳三顾是为因。

陶谦

示好不成埋祸根，

曹操一怒已惊魂。

徐州三让实难任，

战事频频临四门。

华雄

豹头猿臂气如虹，

杀得孙坚去路穷。

莫道英雄无敌手，

酒温索命是关公。

审配

守住初心是伟男，

不降二字喊连三。

已将生死置身外，

引颈还求背向南。

蔡瑁

后侍曹操先侍刘，

妹夫治下是荆州。

盗书蒋干应知悔，

竟助周郎取我头。

辛毗

持书出使入曹营，

为解袁家鹬蚌争。

宏论一番相见晚，

良禽奸佞任人评。

夏侯惇

习武从师童子功，

南征北战一黑熊。

啖睛独目杀曹性，

自此名扬寰宇中。

袁术

因持玉玺欲称孤，

甘作心魔膝下奴。

应是龙床衾未暖，

无常招手命乌乎。

陈琳

建安七子有其名，

一道檄文神鬼惊。

字字铿锵如利剑，

可怜出手便无声。

孙皓

祸起乌程迎入宫，

黄门当道众心忡。

耽沉酒色贤良远，

归晋称臣却善终。

濮阳兴

未遵遗嘱立新君，

暴政横行不忍闻。

苦谏招来头落地，

株连三族入丘坟。

羊祜

博学能文乐善施，

两军对垒贵相知。

再无酒药往来送，

涕泗横流堕泪碑。

文鸯

一手持鞭一手枪，

年方十八血方刚。

几番退敌百员将，

缓辔独行豪气扬。

司马师

佩剑登堂魏主迎，

兵权在握便横行。

忠魂总在榻前立，

索命连同索眼睛。

司马炎

炎凉世态尽人知，

雪月风花应四时。

禅让绝非由我始，

魏承汉统是先师。

诸葛恪

兵进新城埋祸根，

回师诿过老臣昏。

嘤嘤黄犬衔衣吠，

赴宴难归灭满门。

邓艾

参赞军机善用兵，

奇才口吃话连声。

入川二士争功赏，

田续一刀终此生。

锺会

髫年早慧喜华章，

又读兵书号子房。

百战功成如肯隐，

何来魂断在他乡？

诸葛瞻

大厦将倾谁敢扶？

领兵仗剑向天呼。

生为蜀汉保疆土，

战死不当亡国奴。

李氏

（马邈夫人）

闻听马邈欲投降，

怒火不禁烧满腔。

唾骂夫君身自缢，

江油李氏世无双。

吕伯奢

一片真情待阿瞒，

杀猪沽酒夜阑珊。

狐疑生出灭门祸，

直教老翁心胆寒。

许攸

因恨袁公便侍操，

乌巢一炬说功高。

酒酣街上言无忌，

发小难逃夺命刀。

诸葛诞

义旗高举讨司马，

可叹胸无治世谋。

兵败寿春难雪恨，

诛连三族百人头。

于诠

奉命挥师救寿春，

西门遇敌乱烟尘。

劝降惹怒真豪杰，

宁死羞为唾面人。

刘谌

入宫带剑气冲天，

蜀汉当今少圣贤。

不忍江山归北魏，

提头好向祖茔眠。

山涛

出入竹林称七贤，

谏言立嗣长为先。

后人诟病投司马，

哪个不耕司马田？

成济

仗势奴才忒也狂，

光天化日刺君王。

本来就是一条狗，

三族都成替罪羊。

曹髦

潜龙言志欲飞天，

可惜手中无实权。

仗剑一呼三百众，

辇傍惨死几臣怜？

王经

忠心耿耿做人臣，

骂贼劝君情俱真。

母子受刑含笑去，

满城士庶泪沾巾。

陈泰

披麻戴孝拜灵前，

独斩贾充方谢天。

舅父今非前日舅，

甥名从此后人传。

孙綝

专权妄杀竟欺君，

废亮骂声犹耳闻。

奉酒入宫休拒受，

恶行自我掘新坟。

公孙渊

贪心不足号燕王，

杀戮忠良犹自戕。

讨伐中原兵败处，

襄平父子赴仙乡。

曹睿

大兴土木筑高台，
无度荒淫必有灾。
遽逝托孤非白帝，
后人常叹一声唉！

桓范

矫诏出城为尽忠，
几番苦谏却无功。
兵权岂可任人缴？
豚犊原非是大虫。

于吉

救人万病赛神仙，
唤雨呼风动大千。
唯有孙君偏不信，
愿同贫道共升天。

左慈

跛足挑担眇目行，

剖柑变幻令操惊。

掷杯化作鸠飞绕，

头断群羊死复生。

管辂

好酒疏狂容貌奇，

深明周易识天机。

欲封太史何推却？

贵在公明有自知。

曹爽

有负托孤担在肩，

不思报国弄专权。

青锋在手却垂泪，

死到临头孰可怜？

吕蒙

白衣暗渡取荆州，
吴主庆功夸不休。
酒未沾唇魂附体，
血流七窍了恩仇。

庞德

抬棺明志作先锋，
欲与关公狭路逢。
大战百回无胜负，
凛然赴死也从容。

第二部分

集古人诗句为诗

水调歌头·集句作庚子春杂咏感赋并序

> 庚子春才到，新冠突袭来。逢君相揖问？竟是一声唉！

四句定场诗后，我把自己集古人诗句，作《庚子春杂咏》的过程向各位朋友作个简要汇报，也算是对自己这段心路历程的一个小结。

2020年1月中下旬，关于武汉新冠疫情的信息，已在各种渠道传播，但并未引起人们的高度重视。人们依旧欢天喜地地准备迎接庚子新年的到来。

1月23日，武汉封城，全国抗疫警报拉响。

1月24日，除夕。少了空中的烟花，多了面前的口罩。

1月25日，庚子新正。有感于自1840年以来的历史，庚子之年必定是不平静的一年，我便以每个庚子年为节点，作小诗四首，名之曰《庚子新春感怀》。

2月3日，作《赞钟南山》《赞白衣天使》

小诗二首。

2月4日立春，作小诗一首以记。诗曰："春归时节暖还寒，宅在家中避毒冠。待到南山花满岭，相邀诗友出门看。"

无限期地宅在家中，实在无聊。翻开了《中国古典诗词名句集韵》一书，忽然想到集古人诗句成诗以消磨时光。于是，2月15日集了第一首，名之为《客居有思》。2月16日开始使用《庚子春杂咏》，由此便一发而不可收。每天少则一首，多则三首。乐此不疲，乐在其中。

眼看庚子春将尽，5月5日就入夏了。我的《庚子春杂咏》也要就此打住。回想这两个多月来的历历往事，感慨颇多！特作《水调歌头》以记。

不待立春到，忽报疫情来。八方消息汹涌，真假任人猜。武汉封城令下，时在新年前夜，三镇锁空街。至此梦初醒，庚子又遭灾！

听号令，宅家里，学乖乖。开篇搜韵，拈来名句好抒怀。赞我中华儿女，上下同心勠力，铁帚扫阴霾。歌咏东湖水，曲出古琴台。

客居有思

——集唐人诗句

风尘为客日，^①诗酒老生涯。^②

鬓入新年白，^③远书难到家。^④

注：①唐·杜甫《送元二适江左》。

②唐·戴叔伦《客中言怀》。

③唐·李商隐《大卤平后移家》。

④唐·许浑《旅怀》。

庚子春杂咏

——集唐宋诗人句

（一）

江楼千里月，^①风劲欲霜天。^②
不信妾肠断，^③满山啼杜鹃。^④

（二）

一庭花影三更月，^⑤世事都销酒半酣。^⑥
白发余春能几醉，^⑦载将离恨过江南。^⑧

注：①宋·寇准《冬夜旅思》。

②宋·余靖《晚至松门僧舍》。

③唐·李白《长相思》。

④唐·薛能《惜春》。

⑤宋·戴复古《同郑子野访王隐居》。

⑥宋·欧阳修《去思堂手植双柳》。

⑦宋·林熙《春暮》。

⑧宋·张耒《柳枝词》。

庚子春杂咏

——集古人诗句兼赠抗击新冠肺炎的勇士们

（一）

万里秋江碧，^①白云无尽时。^②

感时思报国，^③多难识君迟。^④

（二）

远山横落日，^⑤问母欲何之？^⑥

戎马关山北，^⑦寒光照铁衣。^⑧

注：①唐·张祜《西江行》。

②唐·王维《送别》。

③唐·陈子昂《感遇》。

④唐·卢纶《送李端》。

⑤唐·杜荀鹤《秋夜晚泊》。

⑥汉·蔡琰《悲愤诗》。

⑦唐·杜甫《望岳阳楼》。

⑧北朝·佚名《木兰诗》。

庚子春杂咏

——集古人诗句

（一）

回雪蒙尘皆尽妙，^①春来依旧生芳草。^②
江潭落月复西斜，^③潋滟湖光供一笑。^④

（二）

独倚秋江画不如，^⑤小栏花韵午晴初。^⑥
檐前白日应可惜，^⑦读尽床头几卷书？^⑧

注：①宋·柳永《木兰花》。

②宋·秦观《蝶恋花》。

③唐·张若虚《春江花月夜》。

④宋·叶梦得《临江仙》。

⑤宋·陈耆卿《鹧鸪天》。

⑥唐·司空图《归王官次年作》。

⑦唐·高适《九月九日酬颜少府》。

⑧宋·苏轼《南乡子》。

庚子春杂咏

——集古人诗句

（一）

屋破蜗书壁，^① 乱山愁外笛。^②

边秋一雁声，^③ 露井寒松滴。^④

（二）

楼观沧海日，^⑤ 微雨种花时。^⑥

晚色千帆落，^⑦ 寻梅只怕迟。^⑧

注：①宋·孙觌《春事》。

②宋·林景熙《道中》。

③唐·杜甫《月夜忆舍弟》。

④唐·柳宗元《赠江华长老》。

⑤唐·宋之问《灵隐寺》。

⑥宋·陆游《闷极有作》。

⑦唐·许浑《松江渡送人》。

⑧宋·朱熹《梅花开尽》。

庚子春杂咏

（一）

长绳难系日，①忆得别家时。②

雁下芦洲白，③风轻花落迟。④

（二）

夏口帆初落，⑤莺声细雨中。⑥

始知春有色，⑦一雁入高空。⑧

注：①唐·李白《拟古》。

②唐·张籍《蓟北旅思》。

③唐·韦应物《夕次盱眙县》。

④南朝梁·萧纲《折杨柳》。

⑤唐·李端《江上逢司空曙》。

⑥唐·刘长卿《海盐官舍早春》。

⑦唐·李咸用《牡丹》。

⑧唐·杜甫《雨晴》。

庚子春杂咏

——集古人诗句

（一）

日高花影重，^①冬岭秀孤松。^②

明月松间照，^③飞泉挂碧峰。^④

（二）

凤有高梧鹤有松，^⑤步虚时上最高峰。^⑥

山将别恨和心断，^⑦会向瑶台月下逢。^⑧

注：①唐·杜荀鹤《春宫怨》。

②晋·陶渊明《四时》。

③唐·王维《山居秋暝》。

④唐·李白《访戴天山道士不遇》。

⑤唐·元稹《鄂州寓馆严涧宅》。

⑥唐·秦系《题茅山李尊师山居》。

⑦唐·罗隐《绵谷回寄蔡氏昆仲》。

⑧唐·李白《清平调词》。

《庚子春杂咏》（一东韵）

——集唐宋人诗句

（一）

长歌楚天碧，^①莺语落花中。^②
日月浮生外，^③三杯万事空。^④

（二）

烟水苍茫西复东，^⑤兵书一篋老无功。^⑥
两行客泪愁中落，^⑦万壑松声半夜风。^⑧

注：①唐·柳宗元《溪居》。

②唐·张籍《晚春过崔驸马东园》。

③唐·杜荀鹤《送九华道士游茅山》。

④唐·贾至《对酒曲》。

⑤宋·陆游《东关》。

⑥唐·许浑《怀旧居》。

⑦唐·李涉《京口送朱昼之淮南》。

⑧宋·戴复古《同郑子野访王隐居》。

庚子春杂咏（三江韵）
——集古人诗句

（一）

客途南北雁，^①几日到荆江？^②

山色轩楹内，^③沙鸥并一双。^④

（二）

鱼书欲寄何由达？^⑤此夕闻君谪九江。^⑥

君在江南相忆否？^⑦一枝梅影正横窗。^⑧

注：①宋·陆游《书悔》。

②唐·许浑《思归》。

③唐·岑参《初至犍为作》。

④唐·杜甫《季秋苏五弟缨江楼夜宴崔十三评事》。

⑤宋·晏殊《寓意》。

⑥唐·元稹《闻乐天授江州司马》。

⑦唐·刘长卿《使次安陆寄友人》。

⑧宋·陆游《幽居春夜》。

庚子春杂咏（四支韵）

——集唐宋人诗句

（一）

春到人间草木知，^①浅深山色晚晴时。^②
壶中别有仙家日，^③为见梅花辄入诗。^④

（二）

城外春风吹酒旗，^⑤白头吟望苦低垂。^⑥
云边雁断胡天月，^⑦万古惟留楚客悲。^⑧

注：①宋·张栻《立春偶感》。

②唐·杜荀鹤《春日闲居寄先达》。

③唐·李商隐《题道靖院》。

④宋·林逋《梅花》。

⑤唐·刘禹锡《杨柳枝词》。

⑥唐·杜甫《秋兴》。

⑦唐·温庭筠《苏武庙》。

⑧唐·刘长卿《长沙过贾谊宅》。

庚子春杂咏（五微韵）

——集唐人诗句兼赠"逆行赴鄂，抗击瘟神"的勇士们！

（一）

花落未言归，① 残春柳絮飞。②

塞云横剑望，③ 社稷一戎衣。④

（二）

江南江北送君归，⑤ 义士还乡尽锦衣。⑥

白首相知犹按剑，⑦ 俱怀逸兴壮思飞。⑧

注：①唐·韦应物《寄裴处士》。

②唐·刘禹锡《洛中送崔司业使君》。

③唐·许浑《送从兄归隐蓝溪》。

④唐·杜甫《重经昭陵》。

⑤唐·王维《送沈子归江东》。

⑥唐·李白《越中览古》。

⑦唐·王维《酌酒与裴迪》。

⑧唐·李白《宣州谢朓楼饯别校书叔云》。

庚子春杂咏（六鱼韵）
——集古人诗句

（一）

杨柳月中疏，^①孤花表春余。^②

葵枯犹向日，^③吾亦爱吾庐。^④

（二）

嗟君此别意何如？^⑤豆蔻梢头二月初。^⑥

常倚曲栏贪看水，^⑦雨昏红壁去年书。^⑧

注： ①北朝·萧悫《秋思》。

②唐·韦应物《游开元精舍》。

③唐·白居易《江南谪居》。

④晋·陶渊明《读山海经》。

⑤唐·高适《送李少府贬峡中》。

⑥唐·杜牧《赠别》。

⑦宋·陆游《巴东令廨白云亭》。

⑧唐·许浑《再游姑苏玉芝观》。

庚子春杂咏（七虞韵）

——集古人诗句兼议饮酒

（一）

人影塔前孤，^① 阴晴众壑殊。^②
十觞亦不醉，^③ 能饮一杯无？^④

（二）

去年今日到东都，^⑤ 酒忆郫筒不用沽。^⑥
一饮百觚嫌未痛，^⑦ 满身花影倩人扶。^⑧

注：①唐·司空曙《偶书》。

②唐·王维《终南山》。

③唐·杜甫《赠卫八处士》。

④唐·白居易《问刘十九》。

⑤唐·白居易《赠周判官》。

⑥唐·杜甫《将赴成都草堂》。

⑦宋·苏轼《送陈睦知潭州》。

⑧唐·陆龟蒙《和袭美春夕酒醒》。

庚子春杂咏（八齐韵）

——集唐宋人诗句

（一）

长空共鸟齐，^①回首白云低。^②

残暑蝉催尽，^③衰桐凤不栖。^④

（二）

春半如秋意转迷，^⑤鸿飞那复计东西。^⑥

楼头吃酒楼下卧，^⑦笑杀山公醉似泥。^⑧

注：①唐·岑参《酬崔十三侍御》。

②宋·寇准《华山》。

③唐·白居易《宴散》。

④唐·李商隐《鸾凤》。

⑤唐·柳宗元《柳州二月榕叶落尽》。

⑥宋·苏轼《和子由渑池怀旧》。

⑦唐·杜甫《狂歌行赠四兄》。

⑧唐·李白《襄阳歌》。

庚子春杂咏（九佳韵）

——集唐宋人诗句

（一）

既雨晴亦佳，[①]风云入壮怀。[②]

羊公碑尚在，[③]半被落花埋。[④]

（二）

自嫁黔娄百事乖，[⑤]与君营奠复营斋。[⑥]

红颜未老恩先断，[⑦]忧极浑无地可埋。[⑧]

注：①唐·杜甫《喜晴》。

②唐·韩愈《送石处士赴河阳幕》。

③唐·孟浩然《与诸子登岘山》。

④唐·卢纶《春词》。

⑤唐·元稹《遣悲怀》。

⑥唐·元稹《遣悲怀》。

⑦唐·白居易《后宫词》。

⑧宋·陆游《遣兴》。

庚子春杂咏（十灰韵）

——集古人诗句

（一）

汉水接天回，^①青山送客来。^②

折梅寄江北，^③昨夜一枝开。^④

（二）

城上斜阳画角哀，^⑤百年多病独登台。^⑥

云横秦岭家何在？^⑦前度刘郎今又来。^⑧

注：①唐·杜审言《登襄阳城》。

②宋·张耒《寄淮阳故人》。

③南朝·佚名《西洲曲》。

④唐·齐己《早梅》。

⑤宋·陆游《沈园》。

⑥唐·杜甫《登高》。

⑦唐·韩愈《左迁至蓝关示侄孙湘》。

⑧唐·刘禹锡《再游玄都观》。

庚子春杂咏（十一真韵）

——集古人诗句

（一）

识曲听其真，^①尘埃紫陌春。^②

相思黄叶落，^③风雪夜归人。^④

（二）

锦瑟惊弦破梦频，^⑤天涯去住泪沾巾。^⑥

平明分手空江上，^⑦君向潇湘我向秦。^⑧

注：①汉·佚名《古诗十九首》。

②唐·韩愈《县斋有怀》。

③唐·李白《长相思》。

④唐·刘长卿《逢雪宿芙蓉山》。

⑤唐·李商隐《回中牡丹为风雨所败》。

⑥唐·司空曙《峡口送友人》。

⑦唐·司空曙《发渝州却寄韦判官》。

⑧唐·郑谷《淮上与友人别》。

庚子春杂咏（十二文韵）

——集唐宋人诗句

（一）

雁字写秋云，①钟声两岸闻。②

青山独归远，③空忆谢将军。④

（二）

洞庭西望楚江分，⑤聚散千山雨后云。⑥

寂寞空庭春欲晚，⑦落花时节又逢君。⑧

注：①唐·李颀《送人南归》。

②唐·张祜《金山寺》。

③唐·刘长卿《送灵澈上人》。

④唐·李白《夜泊牛渚怀古》。

⑤唐·李白《陪族叔刑部侍郎晔及中书贾舍

人至游洞庭五首其一》。

⑥宋·陆游《对酒》。

⑦唐·刘方平《春怨》。

⑧唐·杜甫《江南逢李龟年》。

庚子春杂咏（十三元韵）

——集古人诗句

（一）

微雨夜来过，^①驱车登古原。^②
高吟应更逸，^③欲辨已忘言。^④

（二）

草没河堤雨暗村，^⑤纱窗日落渐黄昏。^⑥
更能何事消芳念？^⑦明月清风酒一尊。^⑧

注：①唐·韦应物《幽居》。

②唐·李商隐《登乐游原》。

③唐·许浑《献白尹》。

④晋·陶渊明《饮酒》。

⑤宋·苏轼《寄北山清顺僧》。

⑥唐·刘方平《春怨》。

⑦唐·温庭筠《和友人伤歌姬》。

⑧唐·牟融《写意》。

庚子春杂咏（十四寒韵）

——集唐宋人诗句

（一）

心曲千万端，①鸣琴候月弹。②
人行秋色里，③落叶满长安。④

（二）

瘦马频嘶灞水寒，⑤寸心老去尚如丹。⑥
河山北枕秦关险，⑦横笛偏吹行路难。⑧

注：①唐·孟郊《古怨别》。

②唐·王维《酬比部杨员外》。

③宋·方岳《泊歙浦》。

④唐·贾岛《忆江上吴处士》。

⑤唐·许浑《灞上逢元九处士东归》。

⑥宋·陆游《初冬野兴》。

⑦唐·崔颢《行经华阴》。

⑧唐·李益《从军北征》。

庚子春杂咏（十五删韵）

——集古人诗句

（一）

白首寄人间，^①书穷鬓已斑。^②

不知天下士，^③虚室有余闲？^④

（二）

淡墨生绡数点山，^⑤烟波长在梦魂间。^⑥

晓来江气连城白，^⑦明月何时照我还？^⑧

注：①唐·杜甫《有叹》。

②唐·许浑《送南陵李少府》。

③唐·高适《咏史》。

④晋·陶渊明《归园田居》。

⑤宋·陆游《倚楼》。

⑥唐·韩偓《睡起》。

⑦唐·张籍《寄和州刘使君》。

⑧宋·王安石《泊船瓜洲》。

庚子春杂咏（下一先韵）

——集唐宋人诗句

（一）

莺语落花边，^①新愁眼欲穿。^②
关山千里雁，^③日暮数声蝉。^④

（二）

秋风疏柳白门前，^⑤苇岸无穷接楚天。^⑥
想得那人垂手立，^⑦孤灯挑尽未成眠。^⑧

注：①宋·胡宿《山居》。

②唐·杜甫《寄岳州》。

③宋·范成大《次韵耿时举》。

④唐·杨凌《送客往睦州》。

⑤唐·韩翃《送冷朝阳还上元》。

⑥唐·李频《湘口送友人》。

⑦唐·韩偓《想得》。

⑧唐·白居易《长恨歌》。

庚子春杂咏（下二萧韵）

——集唐宋人诗句

（一）

江声夜听潮，①春水木兰桡。②

故国三千里，③长亭酒一瓢。④

（二）

独寻春偶过溪桥，⑤白发向人羞折腰。⑥

斜拔玉钗灯影畔，⑦小红低唱我吹箫。⑧

注：①唐·祖咏《江南旅情》。

②唐·崔融《吴中好风景》。

③唐·张祜《宫词》。

④唐·许浑《秋日赴阙题潼关驿楼》。

⑤宋·欧阳修《退居述怀寄韩侍中》。

⑥宋·陆游《醉中出西门偶书》。

⑦唐·张祜《赠内人》。

⑧宋·姜夔《绝句》。

庚子春杂咏（下三肴韵）

——集唐宋人诗句

（一）

野戍荒烟断，^①短松鹤不巢。^②

梦残灯影外，^③风竹冷相敲。^④

（二）

梅吐又横春一梢，^⑤夜寒窗竹自相敲。^⑥

人生有酒须当醉，^⑦懒慢无心作解嘲。^⑧

注：①唐·陈子昂《晚次乐乡县》。

②唐·孟郊《送豆卢策归别墅》。

③唐·张乔《江行夜雨》。

④唐·郑谷《池上》。

⑤宋·真山民《冬暮小斋》。

⑥唐·薛能《许州题观察判官厅》。

⑦宋·高翥《清明》。

⑧唐·杜甫《堂成》。

庚子春杂咏（下四豪韵）

——集唐宋人诗句

（一）

雨晴天似高，^①痛饮读离骚。^②
旧简拂尘看，^③春秋一字褒。^④

（二）

帘外春寒赐锦袍，^⑤未央宫殿月轮高。^⑥
听猿实下三声泪，^⑦万古云霄一羽毛。^⑧

注：①宋·刘敞《秋晴西楼》。

②唐·张祜《江南杂题》。

③唐·王维《酬比部杨员外》。

④唐·李商隐《献寄旧府开封公》。

⑤唐·王昌龄《春宫曲》。

⑥唐·王昌龄《春宫曲》。

⑦唐·杜甫《秋兴》。

⑧唐·杜甫《咏怀古迹》其五。

庚子春杂咏（下五歌韵）

——集古人诗句

（一）

君子意如何？^①心酸子夜歌。^②

前途渐就窄，^③将寿补蹉跎。^④

（二）

动人春色不须多，^⑤月照高楼一曲歌。^⑥

马影斜阳经剑阁，^⑦江湖烟雨暗渔蓑。^⑧

注：①唐·杜甫《天末怀李白》。

②唐·李商隐《离思》。

③晋·陶渊明《杂诗》。

④唐·刘禹锡《岁夜咏怀》。

⑤宋·王安石《石榴只发一花》。

⑥唐·温庭筠《赠少年》。

⑦宋·陆游《俟客不至独坐成咏》。

⑧唐·戴叔伦《寄万德躬故居》。

庚子春杂咏（下六麻韵）

——集唐宋人诗句

（一）

细草微风岸，[①]空庭一树花。[②]

雨吟春破碎，[③]夜夜梦还家。[④]

（二）

半床春月在天涯，[⑤]也傍桑阴学种瓜。[⑥]

万里关河孤枕梦，[⑦]虫声新透绿窗纱。[⑧]

注：①唐·杜甫《旅夜书怀》。

②唐·李商隐《寒食行次冷居驿》。

③宋·李觏《闲居》。

④宋·梅尧臣《社前》。

⑤唐·许浑《暮宿东溪》。

⑥宋·范成大《田园杂兴》。

⑦宋·陆游《枕上作》。

⑧唐·刘方平《月夜》。

庚子春杂咏（下七阳韵）

——集唐宋人诗句

（一）

昨夜梦渔阳，[1]飞花入户香。[2]

妾心古井水，[3]世事两茫茫。[4]

（二）

可怜飞燕倚新妆，[5]倦枕无聊厌夜长。[6]

小雨初收残照晚，[7]美人去后空余床。[8]

注：[1]唐·张仲素《春闺思》。

[2]唐·李频《古意》。

[3]唐·孟郊《列女操》。

[4]唐·杜甫《赠卫八处士》。

[5]唐·李白《清平调词》。

[6]宋·陆游《秋思》。

[7]宋·陆游《倚阑》。

[8]唐·李白《长相思》。

庚子春杂咏（下八庚韵）

——集唐宋人诗句

（一）

柳外小桥横，^①秋深复远行。^②

橹声摇客梦，^③寒雨暗深更。^④

（二）

秋风袅袅动高旌，^⑤秣马龙堆月照营。^⑥

桂岭瘴来云似墨，^⑦鹊声穿树喜新晴。^⑧

注：①宋·陆游《东村步归》。

②唐·杜甫《送元二适江左》。

③宋·真山民《兰溪舟中》。

④唐·韦应物《寺居独夜寄崔主簿》。

⑤唐·杜甫《奉和严公军城早秋》。

⑥唐·岑参《封大夫破播仙凯歌》。

⑦唐·柳宗元《别舍弟宗一》。

⑧宋·陆游《村居书喜》。

庚子春杂咏（下九青韵）

——集唐宋人诗句

（一）

乾坤水上萍，^①风定一池星。^②

江静潮初落，^③天秋山更青。^④

（二）

一窗晴日写黄庭，^⑤江上流莺独坐听。^⑥

莫怪临风倍惆怅，^⑦昔年亲友半凋零。^⑧

注：①唐·杜甫《衡州送李大夫》。

②唐·刘得仁《宿宣义里池亭》。

③唐·宋之问《题大庾岭北驿》。

④唐·高适《送蔡少府赴登州》。

⑤宋·陆游《喜晴》。

⑥唐·韦应物《寒食寄京中诸弟》。

⑦唐·温庭筠《过陈琳墓》。

⑧唐·窦叔向《夏夜宿表兄话旧》。

庚子春杂咏（下十蒸韵）

——集唐宋人诗句

（一）

生涯淡似僧，^①夜雨佛前灯。^②
古木无人径，^③寒云路几层？^④

（二）

寺壁题诗一砚冰，^⑤江湖夜雨十年灯。^⑥
推愁不去如相觅，^⑦闲爱孤云静爱僧。^⑧

注：①宋·陆游《雨夜四鼓起坐至明》。

②唐·马戴《寄终南真空禅寺》。

③唐·王维《过香积寺》。

④唐·李商隐《北青萝》。

⑤宋·陆游《衢州道中作》。

⑥宋·黄庭坚《寄黄几复》。

⑦宋·韩驹《和李上舍冬日书事》。

⑧唐·杜牧《将赴吴兴登车游原》。

《庚子春杂咏》(下十一尤韵)

——集唐宋人诗句

(一)

夜雨白蘋洲,^①霜来红叶楼。^②

身随一剑老,^③含笑看吴钩。^④

(二)

梦里逢人亦说愁,^⑤他生未卜此生休。^⑥

江边晓梦忽惊断,^⑦山雨欲来风满楼。^⑧

注:①唐·马戴《将别寄友人》。

②唐·韩偓《效崔国辅体》。

③唐·许浑《送从兄归隐蓝溪》。

④唐·杜甫《后出塞》。

⑤宋·陆游《卧病书怀》。

⑥唐·李商隐《马嵬》。

⑦宋·苏轼《武昌西山》。

⑧唐·许浑《咸阳城东楼》。

《庚子春杂咏》（下十二侵韵）

——集古人诗句

（一）

起坐弹鸣琴，^①飞鸿响远音。^②

醉眼秋共被，^③梦好欲重寻。^④

（二）

卧看溪南十亩阴，^⑤清池皓月照禅心。^⑥

孤城背岭寒吹角，^⑦门掩荒山夜雪深。^⑧

注：①三国魏·阮籍《咏怀》。

②南朝宋·谢灵运《登池上楼》。

③唐·杜甫《与李十二白同寻范十隐居》。

④宋·李觏《睡思》。

⑤宋·苏轼《溪阴堂》。

⑥唐·李颀《题璇公山池》。

⑦唐·刘长卿《夕望岳阳寄元中丞》。

⑧唐·许浑《赠李伊阙》。

《庚子春杂咏》（下十三覃韵）

——集唐宋人诗句

亭亭画舸系春潭，①

世事都销酒半酣。②

佳节已从愁里过，③

对床孤枕话江南。④

注：①宋·张耒《柳枝词》。

②宋·欧阳修《去思堂手植双柳》。

③宋·苏洵《九日和韩魏公》。

④唐·韦庄《寄江南逐客》。

《庚子春杂咏》（下十四盐韵）
——集唐宋人诗句

十二层楼敞画檐，[①]

倾城消息隔重帘。[②]

春风自是人间客，[③]

乘兴南游不戒严。[④]

注：①唐·杜牧《十九兄郡楼有宴病不赴》。

②唐·李商隐《楚宫》。

③宋·晏几道《与郑侠》。

④唐·李商隐《随宫》。

《庚子春杂咏》(下十五咸韵)

——集唐宋人诗句

看月江楼酒满衫，①

断云一叶洞庭帆。②

渔人网集澄潭下，③

缩项鱼多且放馋。④

注：①宋·陆游《简谭德称》。

②宋·米芾《垂虹亭》。

③唐·杜甫《野老》。

④宋·王禹偁《回襄阳》。

《庚子春杂咏》(上声四纸韵)

——集唐宋人诗句

(一)

忽过新丰市，[1]初蝉数声起。[2]

小园花乱飞，[3]柳色孤城里。[4]

(二)

座上赋鹦穷处士，[5]有才不用今老矣。[6]

江湖夜雨十年灯，[7]无欲自然心似水。[8]

注：①唐·王维《观猎》。

②唐·李廓《夏日途中》。

③唐·李商隐《落花》。

④唐·刘长卿《海盐官舍早春》。

⑤宋·胡宿《公子》。

⑥宋·苏轼《送任伋通判黄州兼寄其兄孜》。

⑦宋·黄庭坚《寄黄几复》。

⑧宋·赵师秀《呈蒋薛二友》。

《庚子春杂咏》(上声七麌韵)

——集唐宋人诗句

四面云山谁作主？①

侧身天地更怀古。②

断弦收与泪痕深，③

天下几人学杜甫？④

注：①唐·朱湾《寻隐者韦九》。

②唐·杜甫《将赴成都草堂》。

③唐·王昌龄《听流人水调子》。

④宋·苏轼《次韵孔毅甫集古人韵》。

庚子春杂咏（上声八荠韵）

——集唐宋人诗句

（一）

严城时未启，^①秋水清无底。^②
晓梦半和莺，^③天边树若荠。^④

（二）

坐觉尘襟真一洗，^⑤千寻铁锁沉江底。^⑥
无如此处学长生，^⑦谁解乘舟寻范蠡？^⑧

注：①唐·王维《从岐王过杨氏别业》。

②唐·杜甫《石门宴集》。

③唐·吴融《个人三十韵》。

④唐·孟浩然《秋登万山寄张五》。

⑤宋·陆游《行东山下至南岩》。

⑥唐·刘禹锡《西塞山怀古》。

⑦唐·崔颢《行经华阴》。

⑧唐·温庭筠《利州南渡》。

庚子春杂咏（上声十贿韵）

——集唐宋人诗句

名花未落如相待，^①

晓镜但愁云鬓改。^②

西望长安不见家，^③

我行日夜向江海。^④

注：①宋·陆游《自芳华楼过瑶林庄》。

②唐·李商隐《无题》。

③唐·李白《与史郎中饮》。

④宋·苏轼《出颍口初见淮山，是日至寿州》。

庚子春杂咏（上声十三阮韵）

——集唐宋人诗句

明月吹笙思蜀苑，[①]

数声风笛离亭晚。[②]

一蝉雨外送秋来，[③]

日暮酒醒人已远。[④]

注：①宋·陆游《三月二十一日作》。

②唐·郑谷《淮上与友人别》。

③宋·晁补之《寄曹南教授八弟》。

④唐·许浑《谢亭送别》。

庚子春杂咏（上声十四旱韵）
——集唐宋人诗句

何处哀筝随急管？①

古琴百衲弹清散。②

手中书册堕无声，③

孤屿池痕春涨满。④

注：①唐·李商隐《无题》。

②宋·陆游《北窗闲咏》。

③宋·仙游《午睡》。

④唐·司空曙《归王官次年作》。

庚子春杂咏（上声十六铣韵）

——集唐宋人诗句

（一）

大声吹地转，[1]柳色看犹浅。[2]

罗幕生春寒，[3]时闻隔林犬。[4]

（二）

春暮日高帘半卷，[5]闭门野寺松阴转。[6]

新诗改罢自长吟，[7]纸上得来终觉浅。[8]

注：[1]唐·杜甫《江涨》。

[2]唐·张籍《酬白二十二舍人》。

[3]唐·韩偓《效崔国辅体》。

[4]唐·王维《竹亭赠钱少府归蓝田》。

[5]唐·韩偓《日高》。

[6]宋·苏轼《病中游祖塔院》。

[7]唐·杜甫《解闷》。

[8]宋·陆游《冬夜读书示子聿》。

庚子春杂咏（上声十七篠韵）
——集唐宋人诗句

（一）

月生林欲晓，^①落日独归鸟。^②
回首白云多，^③人随鸿雁少。^④

（二）

啼莺妒梦频催晓，^⑤一水护田将绿绕。^⑥
江海相逢客恨多，^⑦乡村四月闲人少。^⑧

注： ①宋·徐玑《夏日怀友》。

②唐·刘长卿《负谪后登干越亭作》。

③唐·杜甫《游何将军山林》。

④唐·韩愈《送河南李正字归》。

⑤宋·陆游《暮春》。

⑥宋·王安石《书湖阴先生壁》。

⑦唐·温庭筠《赠少年》。

⑧唐·翁卷《乡村四月》。

庚子春杂咏（上声十九皓韵）

——集古人诗句

（一）

东风摇百草，^①落叶和云扫。^②
日暮数声蝉，^③愁多人易老。^④

（二）

志士凄凉闲处老，^⑤可怜新月为谁好。^⑥
初闻征雁已无蝉，^⑦抚剑悲歌对秋草。^⑧

注：①汉·佚名《古诗十九首》。

②唐·李频《山居》。

③唐·杨凌《送客往睦州》。

④唐·苏颋《山鹧鸪词》。

⑤宋·陆游《病起》。

⑥宋·王安石《北望》。

⑦唐·李商隐《霜月》。

⑧唐·高适《古大梁行》。

庚子春杂咏（上声二十哿韵）

——集唐宋人诗句

（一）

青山送客来，^①大道本无我。^②

残梦马驮行，^③西征问烽火。^④

（二）

楼头小妇鸣筝坐，^⑤谁宿此船愁似我？^⑥

一曲淋铃泪数行，^⑦瓶花力尽无风堕。^⑧

注： ①宋·张耒《寄淮阳故人》。

②唐·李颀《送暨道士还玉清观》。

③宋·王禹偁《五更睡》。

④唐·杜甫《秦州杂诗》。

⑤唐·王昌龄《青楼曲》。

⑥宋·杨万里《宿桐陂江口》。

⑦唐·杜牧《华清宫》。

⑧宋·陆游《晓坐》。

庚子春杂咏（上声二十一马韵）

——集唐人李商隐诗句

雌凤孤飞女龙寡，^①

一春梦雨常飘瓦。^②

夜吟应觉月光寒，^③

玉骨瘦来无一把。^④

注：①《燕台诗》。

②《重过圣女祠》。

③《无题》。

④《偶成转韵七十二句》。

庚子春杂咏（上声二十二养韵）

——集古人诗句

（一）

风窗疏竹响，[①]春物方骀荡。[②]

明月逐人来，[③]惜花邀客赏。[④]

（二）

致身福地何萧爽？[⑤]疏种碧松通月朗。[⑥]

玉阶人静一声蝉，[⑦]僧闲时与云来往。[⑧]

注：①唐·柳宗元《赠江华长老》。

②南朝齐·谢朓《直中书省》。

③唐·苏味道《正月十五夜》。

④唐·张籍《清明日对雨西亭宴》。

⑤唐·杜甫《玄都坛歌寄元逸人》。

⑥唐·刘禹锡《秋日题窦员外新居》。

⑦唐·韩偓《夏日》。

⑧宋·林景熙《云门即事》。

庚子春杂咏（上声二十三梗韵）

——集古人诗句

（一）

结庐在人境，① 花尽春犹冷。②

柳外小桥横，③ 独行潭底影。④

（二）

白发无情侵老境，⑤ 春风鸾镜愁中影。⑥

为君扶病上高台，⑦ 敲断玉钗红烛冷。⑧

注：①晋·陶渊明《饮酒》。

②宋·陈与义《春雨》。

③宋·陆游《东村步归》。

④唐·贾岛《送无可上人》。

⑤宋·陆游《秋夜读书》。

⑥唐·戴叔伦《宫词》。

⑦唐·刘禹锡《始闻秋风》。

⑧宋·郑会《题邸间壁》。

庚子春杂咏（上声二十五有韵）

——集唐宋人诗句

（一）

萍皱风来后，① 归舟天外有。②

孤帆带日来，③ 竹叶一尊酒。④

（二）

别后与谁同把酒？⑤ 平生风义兼师友。⑥

闲人逢尽不逢君，⑦ 君在江南相忆否？⑧

（三）

细数落花因坐久，⑨ 桥边雨洗藏鸦柳。⑩

垂虹亭上试新茶，⑪ 桃李春风一杯酒。⑫

注：①唐·温庭筠《卢氏池上遇雨》。

②唐·李商隐《风》。

③唐·刘禹锡《东亭临江寓望》。

④唐·刘威《早秋游湖上亭》。

⑤宋·苏轼《寄高令》。

⑥唐·李商隐《哭刘蕡》。

⑦唐·白居易《曲江忆元九》。

⑧唐·刘长卿《使次安陆寄友人》。

⑨宋·王安石《北山》。

⑩唐·韩翃《送客还江东》。

⑪宋·杨万里《舟泊吴江》。

⑫宋·黄庭坚《寄黄几复》。

庚子春杂咏（上声二十八琰韵）

——集唐人诗句

日暮数峰青似染，^①更深欲诉蛾眉敛。^②
鸳鸯相对浴红衣，^③子夜休歌团扇掩。^④

注：①唐·王建《江陵使至汝州》。

②唐·李商隐《呈令狐公第五句》。

③唐·杜甫《齐安郡后池绝句》。

④唐·李商隐《和友人戏赠》。

庚子春杂咏（去声四寘韵）

——集唐宋人诗句

（一）

春愁无处避，① 雨过山横翠。②

松韵晚吟时，③ 重阳应一醉。④

（二）

小叠红笺书恨字，⑤ 珊瑚枕上千行泪。⑥

杏花消息雨声中，⑦ 独有春风知此意。⑧

注：①宋·陆游《春雨》。

②宋·陆游《游淳化寺》。

③唐·许浑《溪亭》。

④唐·许浑《溪亭》。

⑤唐·韩偓《偶见》。

⑥唐·李绅《长门怨》。

⑦宋·陈与义《怀天经智老因访之》。

⑧宋·唐珏《梦中》。

庚子春杂咏（去声五未韵）
——集唐宋人诗句

万钱供箸鸣钟沸，[①]

唯有开元房太尉。[②]

弹铗思鱼富贵迟，[③]

闲寻书册应多味。[④]

注：①宋·胡宿《公子》。

②唐·崔珏《席上赠琴客》。

③宋·陆游《月下醉题》。

④宋·黄庭坚《和高仲本喜相见》。

庚子春杂咏（去声六御韵）

——集唐宋人诗句

（一）

谢却海棠飞尽絮，^①画船载取春归去。^②

水寒烟淡落花前，^③十里溪山最佳处。^④

（二）

山长水远知何处？^⑤我醉欲眠卿且去。^⑥

诗酒清狂二十年，^⑦禅心已作沾泥絮。^⑧

注： ①宋·朱淑真《初夏》。

②宋·俞国宝《风入松》。

③唐·谭用之《赠索处士》。

④宋·陆游《游近山僧庵》。

⑤宋·胡宿《送清漳护戎王中立》。

⑥唐·李白《山中与幽人对酌》。

⑦宋·陆游《赴成都自三泉至益昌》。

⑧宋·道潜《歌舞者求诗戏以此赠》。

庚子春杂咏（去声七遇韵）

——集唐宋人诗句

天气乍晴花满树，^①

山重水复疑无路。^②

沧江归去老渔舟，^③

两岸猿声啼不住。^④

注：①宋·吴激《晚春言怀》。

②宋·陆游《游山西村》。

③唐·许浑《秋日早朝》。

④唐·李白《早发白帝城》。

庚子春杂咏（去声八霁韵）
——集古人诗句

（一）

暝色赴春愁，^①市桥官柳细。^②

人生一百年，^③鹤老难知岁。^④

（二）

即今漂泊干戈际，^⑤把酒看花想诸弟。^⑥

闲坐悲君亦自悲，^⑦浮云柳絮无根蒂。^⑧

注：①唐·皇甫冉《归渡洛水》。

②唐·杜甫《西郊》。

③北朝·庾信《对酒》。

④唐·刘长卿《寻洪尊师不遇》。

⑤唐·杜甫《丹青引赠曹将军霸》。

⑥唐·韦应物《寒食寄京师诸弟》。

⑦唐·元稹《遣悲怀》。

⑧唐·韩愈《听颖师弹琴》。

庚子春杂咏（去声九泰韵）

——集唐宋人诗句

梦破江亭山驿外，[①]

重吟细把真无奈。[②]

夜来风雨送梨花，[③]

愿得化为红绶带。[④]

注：①宋·陆游《怀旧》。

②唐·李商隐《即日》。

③唐·温庭筠《鄂杜郊居》。

④唐·李商隐《代官妓赠二从事》。

庚子春杂咏（去声十一队韵）

——集唐宋人诗句

（一）

山色轩楹内，^①雨吟春破碎。^②

空楼雁一声，^③映竹犬初吠。^④

（二）

总把春山扫眉黛，^⑤明年花开复谁在？^⑥

繁弦急管两纷纷，^⑦莫作世间儿女态。^⑧

注：①唐·岑参《初至犍为作》。

②宋·李觏《闲居》。

③唐·韩偓《五更》。

④宋·林逋《湖村晚兴》。

⑤唐·李商隐《代赠》。

⑥唐·贾曾《有所思》。

⑦唐·司空曙《发渝州却寄韦判官》。

⑧宋·陆游《和高子长参议道中》。

庚子春杂咏（去声十五翰韵）
——集唐宋人诗句

（一）

幽梦风吹断，[①]相期邈云汉。[②]

曾驱十万师，[③]犹作布衣看。[④]

（二）

海棠花下秋千畔，[⑤]瓜蔓水生初抹岸。[⑥]

四月清和雨乍晴，[⑦]江边晓梦忽惊断。[⑧]

注：①宋·真山民《江楼秋夕》。

②唐·李白《月下独酌》。

③唐·刘长卿《送李中丞归汉阳》。

④唐·高适《咏史》。

⑤唐·韩偓《后魏李波小妹歌》。

⑥宋·陆游《闲游所至少留得长句》。

⑦宋·司马光《居洛初夏》。

⑧宋·苏轼《武昌西山》。

庚子春杂咏（去声十七霰韵）
——集古人诗句

（一）

天涯喜相见，[1]秋月如团扇。[2]
回首白云低，[3]杂英满芳甸。[4]

（二）

听彻晓天莺百啭，[5]消磨岁月书千卷。[6]
寻君不遇又空还，[7]何处相思不相见。[8]

注：①唐·杜甫《奉简高三十五使君》。

②南朝梁·何逊《与苏九德别》。

③宋·寇准《华山》。

④南朝齐·谢朓《晚登三山还望京邑》。

⑤宋·陆游《晨起闲步》。

⑥宋·张耒《发泗州》。

⑦唐·韦应物《休日访人不遇》。

⑧唐·许浑《京口闲居寄京洛友人》。

110

庚子春杂咏（去声十八啸韵）

——集唐宋人诗句

日向花间留返照，①

新添水槛供垂钓。②

竹篱茅舍自甘心，③

宅近青山同谢朓。④

注：①唐·李商隐《写意》。

②唐·杜甫《江上值水如海势》。

③宋·王淇《梅》。

④唐·李白《题东溪公幽居》。

庚子春杂咏（去声二十号韵）

——集唐宋人诗句

（一）

残春柳絮飞，[1]鸿雁几时到？[2]

雨洗月痕新，[3]柴门鸟雀噪。[4]

（二）

江上流莺独坐听，[5]探春苑路花簪帽。[6]

一灯夜雨故乡心，[7]家在梦中何日到？[8]

注：①唐·刘禹锡《洛中送崔司业使君》。

②唐·杜甫《天末怀李白》。

③宋·林景熙《初夏病起》。

④唐·杜甫《羌村》。

⑤唐·韦应物《寒食寄京中诸弟》。

⑥宋·陆游《简谭德称》。

⑦宋·汪元量《酬王昭仪》。

⑧唐·卢纶《长安春望》。

庚子春杂咏（去声二十一箇韵）

——集唐宋诗人句

身兼老病常归卧，^①

忽发狂言惊满座。^②

又作尘沙万里行，^③

雨昏青草湖边过。^④

注：①宋·陆游《命驾至郊外戏书触目》。

②唐·杜牧《兵部尚书席上作》。

③宋·王安石《示长安君》。

④唐·郑谷《鹧鸪》。

庚子春杂咏（去声二十二祃韵）
——集古人诗句

（一）

浮生一笑稀，^①人事有代谢。^②
春泪减朱颜，^③大江流日夜。^④

（二）

自怜筑室灵山下，^⑤野老与人争席罢。^⑥
不是渔家即酒家，^⑦清风明月本无价。^⑧

注：①唐·温庭筠《题僧泰恭院》。

②唐·孟浩然《与诸子登岘山》。

③唐·许浑《下第别友人杨至之》。

④南朝齐·谢朓《暂使下都》。

⑤唐·李商隐《题道靖院》。

⑥唐·王维《积雨辋川庄作》。

⑦宋·陆游《烟波即事》。

⑧宋·欧阳修《沧浪亭》。

庚子春杂咏（去声二十三漾韵）
——集古人诗句

（一）

思逐风云上，^①停骖我怅望。^②
关山度若飞，^③剑在心应壮。^④

（二）

窗临香霭云千嶂，^⑤倚柱寻思倍惆怅。^⑥
飒飒飞霜夜出师，^⑦五更鼓角声悲壮。^⑧

注：①南朝梁·沈约《伤谢朓》。

②南朝齐·谢朓《新亭渚别范零陵云》。

③北朝·佚名《木兰诗》。

④唐·许浑《送南陵李少府》。

⑤唐·齐己《闻尚颜上人创新居》。

⑥五代·张泌《寄人》。

⑦宋·陆游《岁暮感怀》。

⑧唐·杜甫《阁夜》。

庚子春杂咏（去声二十六宥韵）

——集宋人诗句

人怜直节生来瘦，[①]

风月有情常似旧。[②]

壮士悲歌易水秋，[③]

凉飔入袂诗初就。[④]

注：①宋·王安石《咏竹》。

②宋·张耒《寄蔡彦规兼谢惠酥梨》。

③宋·胡宿《古别》。

④宋·陆游《七月二十四日作》。

庚子春杂咏（去声二十九艳韵）

——集唐宋人诗句

更能何事消芳念？[①]

醉斩长鲸倚天剑。[②]

把烛销愁且一尊，[③]

江城白酒三杯酽。[④]

注：①唐·温庭筠《和友人伤歌姬》。

②宋·陆游《泛三江海浦》。

③宋·杨万里《宿桐陂江口》。

④宋·苏轼《与潘郭二生出郊寻春》。

庚子春杂咏（入声一屋韵）

——集唐宋人诗句

一心咒笋莫成竹，^①

翠袖卷纱映红肉。^②

满地梨花昨夜风，^③

情多莫举伤春目。^④

注：①宋·黄庭坚《戏赠彦深》。

②宋·苏轼《寓居定惠院之东》。

③唐·来鹄《寒食山馆书情》。

④唐·许棠《洞庭阻风》。

庚子春杂咏（入声四质韵）
——集唐宋人诗句

无数云山供点笔，①

春风得意马蹄疾。②

广收草木续离骚，③

射策君门期第一。④

注：①宋·苏轼《次前韵送程六表弟》。

②唐·孟郊《登科后》。

③宋·陆游《秋兴》。

④唐·杜甫《醉歌行》。

庚子春杂咏（入声六月韵）

——集唐宋人诗句

（一）

客散青天月，[①]野花春后发。[②]

天香夜染衣，[③]波上思罗袜。[④]

（二）

可怜无定河边骨，[⑤]野哭千家闻战伐。[⑥]

零落残魂倍黯然，[⑦]高堂明镜悲白发。[⑧]

注：①唐·李白《谢公亭》。

②宋·赵师秀《大慈道》。

③唐·李正封《牡丹》。

④唐·岑参《夜过盘石隔河望永乐》。

⑤唐·陈陶《陇西行》。

⑥唐·杜甫《阁夜》。

⑦唐·柳宗元《别舍弟宗一》。

⑧唐·李白《将进酒》。

庚子春杂咏（入声七曷韵）
——集唐宋人诗句

鱼书欲寄何由达？[①]

绝笔长风起纤末。[②]

待燕归来始下帘，[③]

柔肠早被秋眸割。[④]

注：①宋·晏殊《寓意》。

②唐·杜甫《戏韦偃为双松图歌》。

③宋·陆游《闲中书事》。

④唐·李商隐《李夫人》。

庚子春杂咏（入声九屑韵）

——集唐宋人诗句

对酒共惊千里别，①

玉关去路心如铁。②

石鲸鳞甲动秋风，③

回乐峰前沙似雪。④

注：①唐·卢肇《及第送潘图归宜春》。

②宋·陆游《塞上曲》。

③唐·杜甫《秋兴》。

④唐·李益《夜上受降城闻笛》。

庚子春杂咏（入声十药韵）

——集唐宋人诗句

（一）

风动秋千索，^①身将老寂寞。^②

青春不再来，^③白发悲花落。^④

（二）

日暮征帆何处泊？^⑤洞庭湖阔蛟龙恶。^⑥

沧江归去老渔舟，^⑦长笛一声吹月落。^⑧

注：①唐·韩偓《效崔国辅体》。

②唐·韩愈《县斋有怀》。

③唐·林宽《少年行》。

④唐·岑参《寄左省杜拾遗》。

⑤唐·孟浩然《送杜十四之江南》。

⑥唐·李商隐《荆门西下》。

⑦唐·许浑《秋日早朝》。

⑧宋·陆游《玉局歌》。

庚子春杂咏（入声十一陌韵）

——集古人诗句

（一）

生年不满百，①

发短愁催白。②

挥手泪沾巾，③

伤心江上客。④

（二）

流水带花穿巷陌，⑤

春风自是人间客。⑥

楚天冷雨在孤舟，⑦

醉死愁生君自择。⑧

（三）

惟有春风最相惜，⑨

烟波淡荡摇空碧。⑩

杏花开过尚轻寒，⑪

鸟下绿芜秦苑夕。⑫

注： ①汉·佚名《古诗十九首》。

②宋·陈师《除夜对酒赠少章》。

③唐·刘长卿《饯别王十一南游》。

④唐·卢僎《南楼望》。

⑤唐·韦庄《贵公子》。

⑥宋·晏几道《与郑侠》。

⑦唐·李端《宿淮浦忆司空文明》。

⑧宋·陆游《饮酒》。

⑨唐·杨巨源《和练秀才杨柳》。

⑩唐·白居易《西湖晚归》。

⑪宋·陆游《春日园中作》。

⑫唐·许浑《咸阳城东楼》。

庚子春杂咏（入声十二锡韵）

——集唐宋人诗句

（一）

嗜酒狂无敌，①得钱即相觅。②

形骸痛饮中，③酒尽尊余滴。④

（二）

小院回廊春寂寂，⑤推愁不去如相觅。⑥

满川风雨看潮生，⑦万里归船弄长笛。⑧

注：①宋·陆游《凤兴出谒》。

②唐·杜甫《醉时歌》。

③唐·杜甫《陪章留后侍御宴南楼》。

④宋·陆游《晓霜》。

⑤唐·杜甫《涪城县香积寺官阁》。

⑥宋·韩驹《和李上舍冬日书事》。

⑦宋·苏舜钦《淮中晚泊犊头》。

⑧宋·黄庭坚《登快阁》。

庚子春杂咏（入声十三职韵）

——集古人诗句

片云头上黑，①

白日忽西匿。②

风树咽嘶蝉，③

谁闻此叹息？④

注：①唐·杜甫《携妓纳凉晚际遇雨》。

②三国魏·曹植《赠白马王彪》。

③宋·胡宿《水馆》。

④唐·张九龄《感遇》。

庚子春杂咏（第一部·平声一东韵）
——集宋人词句

春风吹酒退腮红，①

一片离愁醉眼中。②

人影不随流水去，③

月华犹在小池东。④

注：①北宋·毛滂《浣溪沙》。

②北宋·李之仪《采桑子》。

③南宋·辛弃疾《瑞鹧鸪》。

④北宋·毛滂《最高楼》。

庚子春杂咏（第二部．平声十阳韵）

——集宋人词句

一事无成两鬓霜，^①

小山池院竹风凉。^②

此时无限伤春意，^③

新恨犹添旧恨长。^④

注：①南宋·陆游《鹧鸪天》。

②北宋·晏几道《浪淘沙》。

③北宋·张先《八宝妆》。

④北宋·晏几道《减字木兰花》。

庚子春杂咏（第三部 . 平声五支韵）

——集宋人词句

粉香何处度涟漪？①

雪绕红绡舞袖垂。②

碧瓦烟昏沉柳岸，③

槐荫密处啭黄鹂。④

注：①北宋·李振祖《浪淘沙》。

②北宋·晏几道《鹧鸪天》。

③南宋·王琪《望江南》。

④南宋·赵长卿《眼儿媚》。

庚子春杂咏（第六部．平声十七真韵）
——集宋人词句

何事乘风逐世尘？^①酒筵歌席莫辞频。^②

坐临烟雨帘旌润，^③便把山林寄此身。^④

庚子春杂咏（第四部．上声八语韵）
——集古人词句

绿鬟红脸谁家女？^⑤无事琴书为伴侣。^⑥

为赋新词强说愁，^⑦画帘燕子伤春语。^⑧

注：①北宋·赵师侠《鹧鸪天》。

②北宋·晏几道《临江仙》。

③北宋·毛滂《点绛唇》。

④南宋·韩淲《鹧鸪天》。

⑤南宋·五代·李珣《南乡子》。

⑥南宋·吴潜《望江南》。

⑦南宋·辛弃疾《丑奴儿》。

⑧南宋·陈允平《琐寒窗》。

第三部分

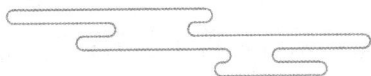

杂　咏

照镜感赋

晨起走步，想到近来洗漱时，从镜中看自己头上白发愈发地多了起来，不禁感慨。遂成小诗一首。发给两位老兄请求指教，两老兄不约而同地告诉我，首句的"镜前一老翁"是孤平。潘兄特别强调首句不必入韵。几番思索，并征得二位老兄意见后，首句改为："一翁闲对镜"。

一翁闲对镜，

相视两朦胧。

曾是青丝密，

今成白发蓬。

红颜弹指去，

紫气转头空。

唯有诗书酒，

长留天地中。

晨练，见一群喜鹊有感

　　晨起，走出家门就听见一只小鸟儿站在小区的树枝上开心地唱着。当走到公园里，又听到遛鸟人笼中的鸟一样地开心唱着。我真的弄不明白，到底是笼中的鸟开心，还是枝头的鸟开心？总之，它们都在唱着。这时，我忽然看到草地上有一群喜鹊蹦蹦跳跳、叽叽喳喳，甚是快乐！作小诗一首，发给何、潘二兄把关。何兄鼓励说"好诗"，潘兄也说"不错"。但潘兄接着便揶揄道："感，感太多了。天天晨练天天感……"看来应该遵从潘兄后面的嘱咐："晨练应该坚持……作诗，不用那么坚持……"哈哈！接着潘兄又补充了两句，更是推心置腹。"有感，尤其不用刻意……也许，刻意也是克义……"真的感谢潘兄的理解与直言，我也是为了防止痴呆练练脑子，倒是让人感觉显得有些刻意了。从今后，克义真的是不敢再刻意地有感了！

　　　　平凡岁月怎消磨？

　　　　步入清晨听鸟歌。

一切烦忧抛脑后，

愿君常见喜多多。

母亲节献给母亲

大爱无疆深且长，

半生都在为儿忙。

一茶一饭一针线，

化作咱妈鬓上霜。

群朋饮酒图（二首）

（一）

闲来围坐酒筵前，

笑语欢声聊大天。

连饮三杯谁示弱？

香烟一点赛神仙。

（二）

吞云吐雾九霄端，

神侃不知星夜残。

醉意朦胧仍叫板，

这杯谁与我来干？

又见一群喜鹊草地觅食、歌唱

5月8日，见一群喜鹊在地上叽叽喳喳地叫唤，有所思，写了一首小诗。昨晚走步时又想起了这事儿。这群喜鹊应该是老喜鹊吧？要不怎么在枝头上没了位子，回到地上觅食，却依旧喜歌不断。想到此，又写了一首小诗，征求了小平兄的意见，现录于后。今早又见群鹊觅食于草地……

老鹊一群知几多，

沧桑岁月任消磨。

而今枝上已无位，

依旧天天唱喜歌。

赞老英雄张富清

在手机上读到张富清老英雄的事迹后十分感动。老英雄是我们建设银行人的骄傲！我对何兄说："你应该写点文字了。"他却让我先写。于是，就有了下面这首表达我对英雄敬佩之意的诗。

> 恩施来凤凤来临，
>
> 竞向枝头鸣好音。
>
> 利禄功名从未想，
>
> 酸甜苦辣自常斟。
>
> 此生无愧党培养，
>
> 一世只求民爱深。
>
> 如问英雄何若许？
>
> 富清不敢忘初心！

游景山、北海公园诗四首

今天清晨，独自去景山、北海两公园游玩，很有感触，作七绝四首以记。

（一）

雨中登景山

冒雨独行登景山，

万春亭上且休闲。

耳边好似有人问，

雾锁皇都为哪般？

（二）

在景山公园观花随想

景山公园的牡丹是这个公园里的一个品牌。以前我多次观赏过。今年听说更加好看，但我没有来看。今天看到的是，牡丹全部谢幕，唯有芍药和月季还在盛开着，有感作诗以记。

芍药牡丹相继开，

春兰秋菊应时来。

无须青帝颁花讯，
自有园丁信手栽。

（三）

北海九龙壁随想

九龙壁上九龙腾，
湖海江河巨浪兴。
可叹鱼虾无好日，
一心只盼水清澄。

（四）

游北海公园所想到的

白塔春荫碧水中，
波连太液与谁同？
歌声每伴心声起，
总角如今成老翁。

写在六一儿童节前

曾记翁婆也少年，

红旗一角挂胸前。

歌声袅袅飘船外，

塔影悠悠映水边。

岁月无情头渐白，

国家有幸梦初圆。

管它狂犬狺狺吠，

我自高悬牧马鞭。

父亲节写给父亲的诗

——纪念父亲逝世 30 周年

三十年来梦不成，

黄粱入釜煮哭声。

更深漏滴空愁绪，

觉浅魂牵未了情。

八度春秋知冷暖，

半生甘苦向谁倾？

天堂莫管人间事，

闲坐云端听鸟鸣。

小诗二首

　　早上走步，见两蜗牛惨死于栈道之上，人足之下。有感，作小诗二首求教于二位老兄。一位老兄说："好诗。"另一位老兄说："不赞成写这类东西……"因此，留存以记。

（一）

惊心惨案一桩桩，

不见蜗牛有悼亡。

本就缺心还少肺，

爬行路上梦堂皇。

（二）

栈道蜗牛各自忙，

不闻邻里有悲伤。

假如知晓又何用？

懒管他人瓦上霜。

无题二首

（一）

五味人生岁月磨，

磨光棱角又如何？

何须怨恨新潮涌，

鹅石终归不是螺。

（二）

耳顺缘何难耳顺，

只因心念未超尘。

真情最怕付流水，

枉作春闺梦里人。

题城头喜鹊

城头喜鹊叫喳喳，

不厌其烦说肉麻。

老调翻新争入韵，

一群家贼竟偷瓜。

七律·贺董波小女满月

从朋友圈得知，董波喜得千金且已满月，又读其贺女儿满月的新作，甚喜。作七律一首以贺！

许是家风一脉传，

兰台走笔有新编。

行端不敢失名节，

学浅常思效大贤。

夜雨灯前肠九转，

寒窗月下赋三篇。

忽闻网上传佳讯，

喜得千金好梦圆。

雨后所思

雨后，清晨。见松枝上挂满雨滴，颗颗似泪，点点如珠。有所思，作小诗一首以记。

缘何珠泪挂枝头？

点点相思点点忧。

三友不堪炎热苦，

声名枉在岁寒留！

清晨，走步遇雨

　　今晨，照常出门走步。见天有些阴，并未下雨，便未回屋拿伞。然而，走到遗址公园时，已是细雨霏霏。一会儿，地便湿了。我不得不回家拿伞后再出门走步。但思考的一首小诗，却是另一番意境。

细雨霏霏侵我衣，

前行路上不思归。

祈求天水倾盆下，

洗却心头是与非。

63 岁生日，写给母亲

诞辰又到泪阑干，

半是甘甜半心酸。

倚枕家中芦席暖，

出门在外北风寒。

衔恩难报千般愧，

寄语甘呈一寸丹。

倘若人生能转世，

再来膝下逗娘欢。

人生偶得

母亲节，献给母亲

近年最怕这天临，

尽孝无门痛我心。

人子都能堂上跪，

你儿须向梦中寻。

三更不寐三更苦，

一日相思一日深。

养育之恩何以报？

真情唯有借诗吟。

十一感怀

今天，是新中国 70 华诞。晨，我走进白河城市森林公园，登上公园西南角的小山，遥望红日升于东山，有感。作诗一首以记。

我祝娘亲寿古稀，

登高远望沐朝晖。

情牵海外众兄弟，

敢问一声何日归？

雨中散步

晨起，至河边，雨中漫步，风吹柳斜。见一蟾蜍亦于岸边缓慢行走，有感，作小诗一首。

细雨携风吹柳斜，

天生寒意绕轻纱。

金蟾跃向岸边坐，

只待路人惊叫妈！

忆江南·家乡好

家乡好，

秋色更斑斓。

两岸霓虹襟碧水，

凝眸一望是青天，

红日跃山巅。

人生偶得

观《天坛公园菊花展》有赋

用唐人黄巢《题菊》诗原字韵

一任西风随意栽，

东篱难见蝶飞来。

非因青帝不怜我，

羞与桃花一处开。

登箭扣长城有赋（二首）

昨日，参加雪鹰户外运动组织的登箭扣长城（西段）的活动。虽然是平生第一次登野长城，虽然路途比较艰险，但顺利平安地完成登攀计划后的兴奋和享受是难以言表的。特作小诗二首以记。

（一）

箭扣弓弦谁敢挈？

英雄各个尽风华。

鹰飞到此都需仰，

老汉不甘人后爬。

（二）

箭扣弓弦谁敢拏？

英雄出自大中华。

镝射石穿疑是虎，

牢筑长城卫国家。

己亥霜降日随感

窗外风声紧，

心中寒意多。

眼前秋瑟瑟，

梦里春婆娑。

赞故乡秋色

天将秋色染渔阳，

山水翻开画一张。

价出连城无处买，

观瞻请到我家乡。

无题

　　昨天早上晨练，又见落光了叶子的椿树上喜鹊成群地聚集在一起，喊喊喳喳，似争吵，似歌唱。上午，带小外孙女去龙潭湖公园，一树金黄。树下许多的大人带着小孩子抓起黄色的树叶，追逐嬉戏。秋到龙潭，秋满龙潭。

　　　　一树高歌唱正酣，

　　　　悄然秋色满龙潭。

　　　　西塘荷败东篱艳，

　　　　鸿雁成行飞向南。

咏沧州铁狮子

　　　　铮铮铁骨立乾坤，

　　　　一吼千年声尚存。

　　　　镇海功高常自省，

　　　　圆睁怒目骂龟孙！

为把秋光带进家

霜降方能叶似花，

团团簇簇美如霞。

怦然心动弯腰拣，

为把秋光带进家。

咏落叶

夜间一场雨，晨起，风来了，吹得树叶纷纷飘落。有感而作。

一场风雨后，

落叶满街头。

不再空牵挂，

从今得自由。

深秋，咏明城墙遗址公园

不必劳神去远游，

身边美景画中收。

这般秋色是何处？

东便门东倚角楼。

西海湿地公园游记

　　与老伴来到新街口，准备去曾经住过7年的前罗圈胡同看看，不想误入西海湿地公园。景色很美。仔细辨认，这地方就在什刹海西边，属于我们曾经住过地方的北面不远处。可我们为什么就一次也没来过呢？

　　　　曾邻此地住，

　　　　此地未曾游。

　　　　一别卅年后，

　　　　相逢各自秋。

为密云古北口娘娘庙题咏

　　随永年大哥、薛二哥等几位兄弟一起到古北口娘娘庙拜访来道长，作诗一首以记。

　　　　莫道福峰小，

　　　　应知仙有灵。

　　　　来朝三教拜，

　　　　道法化苍生。

自画像（二首）

转眼之间，正式退休已经三年多了。我本来早就赋闲，退休回家倒也没有太大的落差。适应了，早就适应了。而今，又进入了 2019 年的冬季，那 2020 年的春天还会远吗？

有时，我常爱遐想，这不，今儿早上又遐想了一下，为自己这几年的生活写两首小诗，算作自画像。

（一）

不觉此身成老朽，

春秋冬夏天天走。

闲情每每赋诗书，

学作刘伶常醉酒。

（二）

青春已去人成叟，

对镜忍看斑鬓首。

自是门前车马稀，

相邀酒肆尽师友。

人生杂咏

（一）

光照人间星日月，

味鲜当属蟹虾鳜。

贪心如壑永难填，

苦海何时能一越？

（二）

参禅悟道情愉悦，

利禄功名挥手别。

人到蓬山成半仙，

心如止水自清洌。

自画像续（三首）

（一）

拿把镰刀背个篓，

褴衫赤脚荒山走。

半饥半饱不知愁，

乐在溪边玩插柳。

（二）

上学读书从不苟，

摔跤撞拐小朋友。

挖苗耪地苦多多，

且把辛酸当美酒。

（三）

凄凄寒夜难长久，

机会来临抓在手。

命运从兹换新程，

天天小酒不离口。

游颐和园（三首）

　　昨天，一个人到颐和园一游，本想写几句，苦思半日，一无所获。今晨走步才有了点头绪，写下来，备忘。

（一）

皇家昨日美园林，

光彩依然动我心。

水映青山成画卷，

林鸣翠鸟入诗吟。

（二）

光阴荏苒水悠悠，

各地闲人到此游。

竞向麒麟求喜瑞，

兴衰谁去问铜牛？

（三）

谁令池塘演水军？

难封众口说纷纭。

可怜将士成新鬼，

海作悲歌不忍闻！

读周老笃文《马骏祥诗联集》序

晨起走步，刷朋友圈，看到了骏祥兄发的周老笃文为其诗联集写的序，觉得写得太像马兄了。点评八个字"周老三曰，道尽马兄"后，仍觉言犹未尽，情犹未抒。想想我们十几年来的交往之情，不禁口占四句。当时就觉得第二句气势磅礴的礴字可能出韵了。回家一查，果然如此，故做些许改动。记录如下：

骏马灵猴一老哥，

诗词出口壮山河。

楹联拟罢再挥墨，

笔走龙蛇舞影娑。

赠马兄学思（二首）

（一）

卅年相识亦相知，

别后折花当有时。

对饮三杯温旧梦，

几多往事入新诗。

（二）

往事悠悠有几多？

匆匆岁月不堪磨。

是非留与后人辨，

捧出真情佐酒歌。

咏己亥冬的第一场雪

疑是春深柳絮飘，

棉桃绽放竞妖娆。

梨花盈树菊盈野，

玉臂轻舒不忍摇。

诗二首

（一）

游北海公园有感

难忘当年那首歌，

歌声唱响好山河。

如今双桨虽成朽，

依旧能犁太液波。

（二）

游北海团城有感

一入团城感慨多，

风吹树动影婆娑。

侯爷怒向将军问，

细柳何时尽色魔？

晨练有思

晨起，风大；走步时，风迎面而来，甚是
寒冷。边走边有所思，作诗以记。

冽冽寒风迎面吹，

昏花老眼泪双垂。

人生祸福皆因果，

六道轮回不可欺。

咏雪（二首）

己亥冬，京城的第三场雪，也是 2020 年
的第一场雪。早上踏雪晨练，边走边想，写了
四句发给何兄求教。老兄告诉我，第四句属"孤
雁入群"。我也发现了问题，反复琢磨，最后作
了修改。上午去天坛赏雪又写了一首，发给兄
后，得到肯定。特将二首记录如下：

（一）

又见六花开北京，

江山一统玉妆成。

玲珑剔透万千树，

犹举清廉反腐旌。①

（二）

雪后天坛景更优，

琼花玉屑满枝头。

缘何碎骨化为泪，

不忍肮脏入眼眸。②

注：①原来这句是"谁夺天孙不世功"。"功"
字是一东韵，"京"与"成"乃八庚韵。故
称"孤雁入群"。

②上午11点后，气温逐渐上升，树上的
雪开始成片成片地脱落，雪花落地后很快
就融化了。被清扫过的路上剩下的残雪也
融化了，被洁白所暂时掩饰的肮脏又暴露
了出来。

再咏雪（二首）

（一）

又见六花飞夜空，

飘飘洒洒满苍穹。

珊瑚钟乳雕千树，

彰显天孙不世功。

（二）

苍松翠柏有何愁？

一夜之间白了头。

日上三竿天渐暖，

琼花化作泪花流。

庚子新春感怀（四首）

　　对于我们中华民族而言，这庚子年忒也奇
了怪了，总是多灾多难。这不，本该是高高兴
兴、热热闹闹过春节的时候，可恶的新型冠状
病毒又开始作祟了。

（一）

又是一年春到来，

每逢庚子总多灾。

销烟引得烽烟起，

紧锁国门从此开。

（二）

盛世王朝势渐衰，

义和那有逐狼才？

明园一把冲天火，

烧出八方强盗来。

（三）

豪情万丈垒高台，

赶美超英志满怀。

三面红旗声猎猎，

一声狞笑饿魔来。

（四）

寒梅雪后次第开，

喜气洋洋满九垓。

忽报狂魔弹冠舞，

龟蛇忍锁大江隈。

赞钟南山

一山砥柱是钟南，

非典消声未解骖。

冠毒侵来仍亮剑，

堪称中国好儿男！

赞白衣天使

白甲银盔欲出征，

衣襟满是别离情。

天怜武汉遣天将，

使命担当敢逆行！

谢宇丹兄弟赠口罩

昨天接到宇丹兄弟快递的口罩，甚是感动，

今晨写了几句微信。小平兄批评说：此处应有

诗。刚刚草成一首，请小平老兄和洪戈、宇丹
二位贤弟雅正。

> 有幸此生萍水逢，
>
> 吟诗四部更情浓。
>
> 厨奴侠寇常相忆，
>
> 携手同行路几重？

和克义兄《谢宇丹口罩》

> 平水燕山没几重，
>
> 只因疠疫不相逢。
>
> 正愁防毒口无罩，
>
> 炭送雪中情更浓。

（何小平）

依二位老兄韵《谢宇丹口罩》

> 卅年数聚喜相逢，
>
> 今岁闭关情更浓。
>
> 防疫时期金口罩，
>
> 真心厚意几多重？

（金洪戈）

无题

老眼昏花不忍张，

目之所极尽荒唐。

虫鸣隐隐如哭庙，

马屁声声似叫床。

日落青天启黑幕，

月悬碧野盼初阳。

寒风瑟瑟到冬至，

自有春归百草香。

己亥冬至日于密云

（本来是当时就记录在备忘录中，不知怎的给弄丢失了。今日找回，拷贝于此。）

依小平韵悼彭银华医生

不知春去几多时，

感慨长吟谁共悲？

争颂白衣行大义，

休听乌巷说微辞。

英雄赴死应无恨，

病毒根除定有期。

待到云开妖雾散，

焚香再祭哭彭医。

七律·步振林兄《宅居抒怀》原字韵奉和

年逢庚子疫情发，

听话乖乖宅在家。

走步但求强体魄，

读书只为展风华。

常陪孙女做游戏，

总觉老翁成小娃。

利禄功名早忘却，

一杯浊酒一杯茶。

附：王兄振林原诗

七律·宅居抒怀

庚子之春瘟疫发，

闭门谢客守其家。

挥毫如意书经典，

收笔自得悟升华。

自觉健身兼购物，

热衷欢聚带孙娃。

虚名利禄何足贵？

莫若平安淡饭茶。

2020 年 2 月 27 日

一只喜鹊

近日，每当清晨，我在家中走步时，便有一只喜鹊，站在我家的东窗外，叽叽喳喳叫上一阵儿，就飞走了。也许又到了别人家的窗前。忽有所思，作小诗一首以记。

一只喜鹊立窗前，

引颈高歌对曙天。

莫道雄鸡能报晓，

佳讯何时不我传？

题自拍小照

庚子新正作楚囚，

宅家二月已蓬头。

世间纵有千般苦，

最苦身心不自由。

依韵和潘衍习词《浣溪沙·共战疫情》

忽报江城有疫情，

中枢令出动旌旌。

千军万马竞先行。

人定胜天当自信，

新冠退去唱歌声。

家家斟满酒千觥。

赏梅

自 2 月 25 日去了一趟明城墙遗址公园至今，又有十几天没去了。今天下午又大着胆子去了一趟。公园里，不仅仅是若干品种的梅花次第开放，那迎春也露出了黄灿灿的笑脸；碧桃也粉面登场了。虽然疫情使游人难比往年，但许多爱花人仍然拿起相机和手机，把这美好的春光记录下来。有感，作诗以记。

> 园内梅花次第开，
>
> 疫情未过客难来。
>
> 依然尚有爱花者，
>
> 竟把春光任意裁。

忆江南·依韵和宗生同学观同学旧照有感

> 儿时好，
>
> 不问日三餐。
>
> 弹指之间双鬓白，
>
> 回眸往事泪潸然，
>
> 岁月倒流难！

附：宗生同学原作

忆江南·观同学旧照有感

> 儿时影，
>
> 都是旧容颜。

桃李枝头蜂蝶舞，

一池春水起波澜，

能不忆华年？

观各地援鄂医疗队凯旋视频有感

近日，支援湖北的各省医疗队，陆续凯旋，看到告别的场面和交警开道迎送的镜头，感慨万千，作诗一首以记。潘兄对诗提出了修改意见，并帮我字斟句酌地修改，衷心致谢！

会战江城奏凯还，

声声感谢泪斑斑。

白衣一袭洁如雪，

赤血满腔诚解颜。

医患同心祛恶疾，

军民携手闯难关。

不求名刻麒麟阁，

仁爱长留天地间。

在记录下这首诗后，又边走步边想了一副联儿。

三镇恨有疫，幸有三山可镇；

九州爱无疆，岂无九水通州？

庚子春分感赋

时至春分寒暑平，

江城喜奏凯歌声。

八方天使班师去，

三镇乡亲热泪盈。

不惧新冠狂似虎，

只因伏虎有神兵。

忽闻紫燕呢喃唱，

布谷催耕垄上行。

庚子清明悼念抗疫斗争中牺牲的英雄和罹难的同胞

汽笛长鸣举国悲，

半旗恰似头低垂。

默哀眼里千丝泪，

追问心中一点疑。

病毒根除终有日，

蒙尘尽扫怎无期？

英名必定留青史，

真正丰碑是口碑。

咏京城柳絮

又是京城飘絮时。晨练走步，看地下的团团柳絮和空中飞舞的絮片，有所思。作小诗一首（第一首），当时就觉得三个韵字不在一个韵部。本想以新韵视之。但最后还是归到了四豪韵（第二首）。不知读者更喜欢哪一首？

（一）

当初心事比天高，（四豪韵）

何故私奔下柳梢？（三肴韵）

落地难逃尘垢面，

又随风起满城飘！（二萧韵）

（二）

当初心事比天高，

何故私奔下柳條?

落地难逃尘垢面,

便随春姐卖风骚。

（2020 年 4 月 15 日）

雨夜吟

春雷滚滚雨潇潇,

夜半听风窗外聊。

道是天仙心地善,

甘霖遍洒润新苗。

步何兄《春蛙》韵

　　何兄在朋友圈里发了《谷雨二章》,拜读后,我对《春蛙》很喜欢,且昨天（谷雨当日）早晨,在白河城市森林公园走步时,听到了河水里此起彼伏的一片蛙声,当时便想到了"稻花香里说丰年,听取蛙声一片"的词。今步何兄《春蛙》韵和之。

　　蛰伏三冬不发声,

一鸣便使鬼神惊。

此生从未乱开口，

唱出稻香歌太平。

附：何兄《春蛙》

青草池塘扎大营，

风吹水响胆无惊。

春蛙从不负天口，

一口浑吞百万兵。

庚子立春

春归时节暖还寒，

宅在家中避毒冠。

待到南山花满岭，

相邀诗友出门看。

结婚 38 周年纪念日献给老伴儿的诗

三十八年回首看，

有甜有苦有辛酸。

相携一路谈何易？

读懂七情应更难。

只要今生能互爱，

何期来世结同鸾？

余时不够再弹指，

把手言欢慢慢弹。

写在庚子母亲节（四首）

——献给天下所有的母亲们

今天是母亲节，前天，女儿就为她母亲准备了节日礼物。今天早上醒来，总觉得应该写点什么献给母亲们，于是在床上仅用 40 分钟便写出了这四首小诗。其中，有我对母亲的怀念，有老伴儿和女儿的影子，更有对所有慈母和孝子们的赞美（写到动情处，我忍不住哭了）。

（一）

十月怀胎母腹中，

呱呱坠地一孩童。

娘亲从此多辛苦，

沥血呕心不世功。

（二）

母爱情深千万重，

为儿早已刻于胸。

一粥一饭一针线，

一世无时不在缝。

（三）

千辛万苦育儿成，

白发争从两鬓生。

为享天伦重抖擞，

金钱难买是真情。

（四）

儿女何曾忘母情？

妈妈每每叫连声。

孝心就在言行里，

常让娘亲笑泪盈。

题照二首

　　清晨，近5时，见东方云霞如锦，大美至极，拍照留存。上午，和老伴儿一起带小外孙女到明城墙遗址公园去玩儿，又见蓝天、白云、红枫、绿杨。晚，反复思之，为朝霞，为蓝天白云与红枫各题诗一首以记。

（一）

题朝霞

胭脂一抹满香腮，

睡眼蒙眬襟半开。

斜倚纱窗犹忆梦，

梦中好事不需猜。

（二）

题蓝天白云

一片蓝天一块田，

白云朵朵似新棉。

红枫摇曳犹霜染，

初夏何来九月天？

和小平兄吊疯娘（二首）

前段时间就看过这个感人的故事，并未能写出点什么。今受小平兄之启发，和诗二首，以吊疯娘。

（一）

一声好吃动娘心，
何惧山高壑百寻。
坠谷身亡桃紧攥，
怀中犹抱裹儿衾。

（二）

儿唤娘亲空谷音，
闻之谁不泪沾襟？
人间大爱通今古，
件件桩桩皆可吟。

题初夏红叶

谁将心事付红笺？

字字行行情意绵。

写罢不知何处寄，

随风浪迹到天边。

咏月季

月月凋零月月开，

娉婷丽影绕亭台。

不同桃李争春色，

一任京城随处栽。

题照

天上云常有，

眼中景不同。

何来霞烂漫？

缘自日彤红。

咏云

密云环绕密云城，

天蓝云白水清清。

山光湖色共云影，

一片云牵一片情。

中国金融博物馆十周年庆，诗赠王巍同学

十年一剑用心磨，

甘苦谁知有几多？

不与牡丹争国色，

平生学作出泥荷。

依韵和卢中南先生《先后观牡丹花开花落》

（一）

几经冷雨几经风，

一展芳华便走红。

无意争春真国色，

寒来转眼又成空。

（二）

难忘年年五月中，

咸阳不与洛阳同。

观花未必真骚客，

步韵附庸雕小虫。

金缕曲·父亲节里献给父亲

今天是父亲节。虽然上周写了几句怀念父亲的文字，但真的是情长纸短。多少话语也难以报答父母的养育之恩，也难以抒发儿女的思念之情。再作《金缕曲》一首献给天堂里的父母。

回首来时路。怎能忘、一川迷雾，几番风雨。长棹短篙帆正举，总是艰辛苦旅。听惯了、涛声浪曲。每到水流湍急处，便传来、老爸叮咛语。把稳舵，莫旁顾。　　险滩过后无心数。最欣然、船归锚地，橹收江浦。对镜忍看霜满鬓，泪眼盈盈酸楚。常念起、天堂父母。只恨今生难反哺，在灵前、敬酒三杯醑。些许事，任他去！

父亲节献给父亲的诗

田间劳作被抓丁，

炮响平津便投诚。

南下途中身不适，

北归故里苦经营。

满堂儿女孝难尽，

一曲《父亲》泪纵横。

跪向灵前三九拜，

佑您后辈过平生。

太常引·庚子端阳回乡记

端午小长假结束，由密云返京后，心中总觉得应该写点什么。忘不了，桃李枝头果飘香；忘不了，白河岸边白鹭翔；忘不了，黑龙潭里黑蛇走；忘不了，巉岩危耸满山岗。几经思之，作《太常引》一首以记。

端阳时节返家园，绿水映青山。硕果满枝悬：摘来品、甜中带酸。

乘车又去，黑龙潭处，风动起波澜。徒步

上危岩：举目望、长天更宽！

画堂春·庚子夏有思

满怀心事有谁知？相逢欲说迟迟。凝眸面对彩笺痴，落泪成诗。　　回首当年往事，依然扑朔迷离。人生错走一着棋，悔恨无期。

总是故乡情

日暮河边景，

人多饭后行。

霓虹增水色，

岸柳唱蝉声。

窃窃言情重，

翩翩舞影轻。

拈须吟苦乐，

总是故乡情。

人生偶得

渔家傲·庚子记事（三首）

（一）

　　庚子春来花未绽，新冠作祟始成患。号令一声封武汉。听召唤，深居简出休添乱。

　　各路神兵齐奋战，感人事迹千千万。处处白衣天使现。应点赞，逆行抗疫诚无怨。

（二）

　　转眼时光流过半，一天妖雾初驱散。日出云开应不远。难遂愿，地名新发成新患。

　　防疫令颁真果断，源头流调全查遍。借问瘟君何处窜？肝胆颤，悄然息鼓旌旗偃。

（三）

　　江水滔滔平两岸，汪洋恣肆狂为患。渔火白帆都不见。声声叹，悲情已在心头漫。

　　自古神州能应变，抗灾抢险英雄汉。一曲歌声今又现。同心干，尧天舜地阳光灿。

渔家傲·哭龚毅

惊悉龚毅于上午心肌梗塞逝世于工作岗位，享年 57 岁。心痛万分，填词一首以悼。

噩耗初闻肝胆裂，问君西去情何切？难道今生从此别？心滴血，长天与我同悲咽。

忽觉时光如倒泄，中关波涌丰台月。一路艰辛都跨越。该歇歇，天堂最是多欢悦！

阮郎归·见景有思

朦胧山色锦云蒸，晨来雾几层？一湾新绿眼前横，蒹葭绕小亭。　　花影乱，柳丝轻，耳边蝉又鸣。音频急切叫连声，为谁抱不平？

雨中晨练（二首）

（一）

莫坐床前叹不休，

梦中好景实难留。

相逢路上问声早，

快乐多多必少忧。

（二）

毛毛细雨密如织，

晨练人们唯恐迟。

撑伞出门相竞走，

一行汗水一行诗。

晚听蝉鸣

夜幕来临唱柳绦，

一声更比一声高。

忽然唱到动情处，

自觉身心化凤翱。

听蝉有问

　　今晨，在外面吃罢早点回家途中，听路边树上，蝉鸣声声。忽然想到我们在《燕山平水·动物篇》中写的《蝉》。回家后翻看兄弟四人的四首七律，总觉言犹未尽。再写四句，问问这蝉，前世今生到底有多少冤屈，才如此呕心沥血地叫喊着！

难忘儿时土里寻，

登临高处暑蒸侵。

心中多少不平事？

总在枝头拼命吟！

庚子立秋听蝉

枝上唱风骚，

秋霜染鬓毛。

明知来日短，

愈发调门高。

游天坛（三首）

一 （孤雁格）

闲来信步到天坛，

穿过长廊是祈年。

一壁回音都说好，

几多董笔手中悬？

二

独行无虑亦无忧，

一片琼花乱眼眸。

满面娇羞偷窥镜，

玉簪插上玉人头。

三 （孤雁格）

撑开双伞化双亭，

舞影翩翩歌咏声。

群众吃瓜同乐乐，

桃源一入享清平。

六十四岁生日有思（三首）

马上就到 64 岁生日了，总是觉得该写两句什么。胡思乱想一阵，便凑成以下文字。

（一）

六十四年风雨路，

酸甜苦辣向谁诉？

夜深人静自扪心，

检点平生天不负！

（二）

几多往事忍回顾，

无意前行人也妒。

报喜传来鹊叫声，

乌鸡飞上梧桐树。

（三）

退位闲暇常散步，

风光只在朝朝暮。

每天小酒满杯觥，

自信心中春永驻。

无题

昨日，忽然又胡思乱想了。想了几句，也没个主题，且称之为无题吧。

头有光环趋若鹜，

手无权杖避如魑。

心诚方可相交友，

德厚才能拜作师。

题自斟自饮

早上，从北京回到密云，便开始打电话，发微信，请一些同学中午喝酒。结果，常一起喝酒的人都有事儿，只好我一个人自斟自饮了。喝着，喝着，便有了下面这首小诗。

对饮无人独自斟，

相邀不至理能寻。

莫为寂寞空惆怅，

一样放歌诗酒吟。

庚子七夕（二首）

庚子之年，多灾多难。适逢七夕，颇多感慨。写了两首小诗，尽管有些悲伤，应该符合情理。

一

织女桥边望眼穿，

思君夜夜竟无眠。

双睛不敢同时眨，

恐误相迎到面前。

二

牛郎才到鹊桥边，

未语双睛泪潸然。

庚子人间多祸事，

不知是否有明年？

庚子七夕又作（二首）

昨晨，在朋友圈发了《庚子七夕》（二首）之后，一些朋友说，诗写得过于悲伤，让我换个角度，再写两首。

一

思凡有幸遇牛郎，

憨厚勤劳事敢当。

耳鬓厮磨春几度？

回眸都是好时光。

二

新冠水患两魔狂，

天上人间隔路长。

最怕相逢还再别，

半嗔半媚骂牛郎。

观早霞未遇

清晨 5 时多，老伴儿说：外面的天气不错，应该有早霞。难得她早上 6 点前走出家门，到河边去走步，看早霞。可是，天不作美，今天早上云量不多，虽旭日东升，但未见朝霞满天。

我在白河城市森林公园里走步时，拍了些初升的太阳和山岩上的小花，且作小诗一首以记。

岭上初阳岩上花，

眼中不见梦中霞。

只缘天际白云邈，

空负金光弄影斜。

为弯腰枣树正名

　　小平兄戏题弯腰枣树，我则要为弯腰枣树
正名。

> 骨硬德高犹自谦，
> 哈腰岂是为趋炎？
> 拼将热血化红枣，
> 奉献人间满口甜。

　　附：小平兄原诗

戏题弯腰枣树

> 击壤朝朝似早朝，
> 枣花点点入青霄。
> 此生合是躬身辈，
> 望里几多能直腰？

小外孙女的幼儿园开园有感

　　由于新冠疫情的影响，自庚子春节之后，
半年多了，小外孙女就一直和姥姥、姥爷宅在家里。今天，幼儿园终于重新开园，外孙女也升入中班了。能上幼儿园过集体生活，不仅孩子们十分高兴，爷爷、奶奶，姥姥、姥爷们更是高兴万分。总算是可以放松一下自己紧绷的心情了。为此，填《南歌子》（双调）一首以记。

避疫居家久，今朝始入园。儿童老叟俱欢颜。正是秋高气爽艳阳天。

战胜新冠易，根除旧习难。世风何日鼓清澜？愿我神州大地永平安！

（2020年9月8日上午）

注：小孙女的幼儿园就是大地幼儿园

题凌霄花

上午去交热水费，在小区里看到了凌霄花，拍了几张照片。忽然想到我们兄弟四人写的三同诗《凌霄花》。那些都是正能量的。今天，我再写四句带点讽刺性的，请各位朋友指教。

美丽凌霄常自夸，

谁人似我艳如霞？

世间何必听风语，

那个攀高不是爬？

庚子双节长假杂感

庚子双节长假将过，无所事事，今天偶有所思，作《庚子双节长假杂感》一首以记。

长假无心去远游，

疫情防控几时休？

安全最是家中坐，

幸福可从书里谋。

灵感不来多饮酒，

功名未就少吹牛。

闲云野鹤常相伴，

出没山林一老猴。

（本人属猴，六十有四，可称老矣！）

有感两日来的雾霾天气

双节长假过后，连续两天都是空气质量极

差。昨天，还去户外运动，今天只能在室内跑步了。上午，在家里看报、喝茶，忽有所想，成诗一首以记。

雾霾连日漫天涯，

无事何如闲在家。

健体客厅当跑道，

读书躺椅作浮槎。

酣然入梦新炊煮，

猛醒抬头老眼花。

午饭天天来口酒，

更香酒后一杯茶。

挽翟泰丰先生

时已深秋野草荣，

传来噩耗我心惊。

先生此去蓬山远，

后辈难禁泪水横。

婉谢多年荒作序，

甘为好友竞嘤鸣。

从今再有新平仄，

何处聆听教诲声？

西江月·观颐和园荷塘残败景象有感

上午独自去颐和园，看着荷塘里一片残败状，有感作《西江月》一首以记。

曾是花红叶绿，

而今半朽衰容。

荷塘依旧月朦胧，

寂寞谁人与共？

不畏秋霜凌辱，

欢呼辛丑春风。

蜻蜓闻讯觅芳踪，

再续颐和绮梦！

2020年10月17日晚于闲逸堂

观《山河无恙——朱丹书画展》

10月25日，中国传统的节日"九九重阳节"。野草诗社副理事长、西部研修院院长朱丹的"山河无恙"书画展在天鼎218文化金融创业园隆重开幕。我作为诗社的老社员，应邀参加了当天的活动。后写了四句诗，把"朱丹画展"与"山河无恙"嵌入诗中。小平兄的七律出手后，他又鼓动我将四句扩充为八句（七绝改成七律）。几经思索，成诗如下：

朱颜渐改志弥坚，

丹魄冰心气浩然。

笔走奔来千尺瀑，

墨飞涌起万峰巅。

长安自古居不易，

泓屹而今寻梦圆。

画出山河无恙好，

展开巨作是新篇。

深秋吟

昨晚，用不同的韵，写了两首同一主题的小诗《深秋吟》。发到朋友圈中征求大家意见（喜欢哪首？），多数喜欢第二首，少数喜欢第一首。

一

霜染枫栌秋色浓，

风吹叶落迹无踪。

一丝寒意侵衣袖，

人说农时到立冬。

二

霜染枫栌秋色深，

风吹叶落响清音。

彩笺满地不需扫，

题上新诗共尔吟。

咏桃花潭

——步连辑院长韵奉和

众赞青莲品似莲，

功名过眼作云烟。

悠哉照影镜湖月，

悲矣倾心玉马鞭。

潭水深深深几许？

歌声踏踏踏双舷。

真情一曲永传唱,

自古诗仙是酒仙。

游天坛公园（二首）

一

园中漫步自徜徉,

绿草青青银杏黄。

谁说冬来秋已去?

眼前美景胜春光。

二

翁妪长廊晒暖阳,

蓝天黄叶映红墙。

偶然举目枝头望,

柿柿高悬兆吉祥。

与老同学相约游颐和园（两首）

今天早上，与大学同窗瞿朝政相约到颐和

园游玩。我们都于 7：00 多一点儿到了万寿山顶看日出。然后，围绕昆明湖走了一圈儿，边走、边聊、边拍照。10 点多从北门出了公园。两位老同学十分开心，收获多多。有感，作小诗二首以记。

一

同窗邀我逛颐和，

赏景聊天快乐多。

屈指人生花甲过，

黄昏路上莫蹉跎。

二

万寿山巅看日出，

西堤漫步叹荷枯。

铜牛岸柳水中影，

截取张张是画图。

庚子初冬杂咏（二首）

今天只在家门口的明城墙遗址公园和它背

后的另一个小公园里走走，也看到了很多很美
的景色。触景生情，作小诗二首。

一

咏落叶

初冬一到北风频，

落叶缤纷七彩陈。

即使形消化泥土，

育成新蕾报新春。

二

明城墙遗址公园随想

一段残墙留史痕，

谁将成败说儿孙？

后人常问煤山树，

何故悬绳吊帝魂？

真觉寺随想

世间敢问谁真觉？

毕竟功名诱惑多。

还历^①不休思杖国，^②

何来心绪念弥陀。

注：①还历：指还历寿。古代用天干地支纪
年，60年为一轮。61为新一轮开始，故称
"还历"。

②杖国：指杖国之年。《礼记》："五十杖
于家，六十杖于乡，七十杖于国，八十杖
于朝，九十者，天子欲有问焉，则就其室，
以珍从。"

步敏新兄《初冬日游西山森林公园》
原韵和答

冬日风光各自看，

吟诗唱和不知难。

花前身影君同笑，

酒里乾坤我尽欢。

千缕相思千缕梦，

一重烟雨一重峦。

重峦怎阻真情谊，

再约丘山上西山。

注： 老兄是孤雁离群，我则是孤雁入群。

附：敏新兄《初冬日游西山森林公园——寄克己、丘山二吟友》

前年春日共登山，

无限风光着意看。

一路唱和吟句美，

漫天飞雨拾阶难。

花前留影逍遥笑，

馆里饮杯不尽欢。

弱弱问君今所在，

何时同处赏晴峦？

庚子初冬再咏落叶

关于庚子初冬的那场雨，关于那各色的满

地落叶，总想写上几句，但一直写不出来。刚
刚醒来，还是硬凑了四句。

> 庚子初冬雨，
>
> 西风凋碧树。
>
> 枝头寒意生，
>
> 叶落林间路。

庚子初冬三咏落叶

> 枝头难久栖，
>
> 落地不沾泥。
>
> 多少心中话，
>
> 争相叶上题。

庚子初冬四咏落叶

刚刚到公园里拣了些落叶回来，又想了一
首咏落叶的诗。近段时间，对落叶赋予了许多
的情感。

> 生于花木冠，
>
> 相伴众芳欢。

一别高枝后，

谁人抬眼看？

怪梦

怪梦醒来天未明，

无边夜色笼荒城。

惊魂枕上心犹悸，

已是难禁老泪横。

悼林麟（诗词三首）

林麟，1963 年生人，属兔。因病医治无效，于 2020 年 12 月 8 日逝世。享年 57 岁。林麟生前任建行北京市分行资深副经理（专业技术二级），兼北京朝阳支行党委书记、行长。

林麟不仅是我的好同事，更是好兄弟。在我初退二线的那几年，他怕我寂寞，在工作之余，常召唤三五好友陪我打牌、品茶、饮酒。如今他就这样走了，怎不让我痛心？故，写三首诗词以悼！

一

折桂蟾宫竞秀林，

凤毛麟角实难寻。

回天玉杵重挥舞，

捣药声声传好音。

（这首诗写于12月8日，诗中嵌入了林麟的名字。因为他属兔，所以是围绕着玉兔作文章。回天捣药也是为苍生办好事儿。）

二

抑住悲声欲问天，

好人何故总凄然？

上苍无语也垂泪，

雪片飞来作纸钱。

（这首诗写于12月12日晚。上午在八宝山兰厅与林麟告别，天有些阴沉。晚上，便纷纷扬扬地下起了雪。）

三、渔家傲

噩耗传来珠泪断，几多往事重浮现。工作

讲究抓实干。谁不赞,高飞争做排头雁。

最是为人心地善,打牌饮酒常召唤。何故新春留住院?空悲叹,从兹兄弟难相见。

2020 年 12 月 12 日夜

步小平兄《痛挽彭德怀元帅》原玉奉和。

横刀立马扫千关,

抗美依然奏凯还。

一片冰心犹可鉴,

万言遗韵响庐山。

2020 年 12 月 21 日（冬至）上午于闲逸堂

西江月·喜鹊

在天坛公园里看到许多喜鹊,拍了几张图片,回家就想写几句。一首《西江月·喜鹊》以记。

讨巧全凭名好,

著装朴实无华。

一张小嘴漫天夸,

哪管春秋冬夏。

巢筑高枝之上，

心忧雨雪风沙。

一朝树倒毁枝丫，

后果真真可怕！

晨练有所思（二首）

一

外边天不好，

仍在家中跑。

磨道驴长叹，

平生舞台小！

二

形似庞然物，

智商如白痴。

整天胡乱叫，

我要为人师！

对镜有吟

每当晓镜叹连声，

华发频添梦不成。

面对吕仙羞借枕，

忍看庄蝶化浮名。

画堂春·辛丑立春有思（添字格）

春来又见柳梢青，衔泥燕舞娉婷。喜迎辛丑闹新正，灯火耀华庭。

揩手相看老脸，眉间笑意充盈。开言不再说浮名，诗酒醉余生。

题双猫叫春图（孤雁格）

今天晚上近 7 时，外出走步。于小区中，忽听似有小儿啼哭。声音忽高忽低。走了几步之后，见一楼前有两猫以头相抵，小儿之哭声源于此。原来是猫已经开始叫春啦！为此，题小诗一首。

日没西天夜未深，

忽听稚子哭声频。

亲情若在心何忍？

细辨才知猫叫春。

渔家傲·人生如梦

又到迎新辞旧岁，回眸往事真如戏。负重前行尝百味。心太累，衷肠欲诉无人会。

常向杯中图一醉，无需仙枕沉沉睡。走进槐安夸富贵。星月坠，醒来好梦难为继！

听老伴鼾声有记

窗前无月影，

耳畔有鼾声。

调起平平仄，

音归仄仄平。

鹧鸪天·辛丑雨水

辛丑春来雁北归，

新巢欲筑啄新泥。

苦寻王谢知何处，

喜见朱门便可依。

花未绽，雨频催，

枝头不日竞芳菲。

人夸三月风光好，

应是春风可劲吹。

渔歌子·朋友

朋友相逢本是缘，

往来崇尚礼为先。

多践诺，少狂言，

风吹浪打不翻船。

良师益友慰平生

　　人生，是一个永远说不完的话题。偶得，是人生中的意外惊喜。在《人生偶得》这本书即将付梓之时，我愿将我人生中遇到的两件最大的意外惊喜，与能够读到这本书的每一位有缘人分享。

　　惊喜之一：我遇到了一位良师。这位良师就是本书序一的作者赵仁珪先生。

　　我与先生能够成为师生，是偶然，更是偶得，是让我受益终生的偶得。

　　先生当年是北京四中的高才生，如果不是那个特殊的年代，先生就进了北京大学的西语系，就不会被命运拨弄到北京师范学院，更不会在毕业时，到部队接受再教育一年后分到远郊区——密云。如果当年我父亲同意我初中毕业后去密云师范学校读书，我也就不可能到塘子中学上高中，也就不可能成为赵先生的学生。

1973年的3月，我走进了塘子中学的校园，成了一名高中生。赵仁珪先生就是教了我两年高中的语文教师。先生当年刚过而立，风华正茂，十分儒雅。先生当年给我们授业时的画面时常会在我眼前浮现，声音也常在耳边响起。

记得有一次上课时，先生的脸上显露出疲惫与痛苦的表情，还不时地用椅背顶住自己的腹部。就这样，先生坚持为我们上了一堂完整的课。事后，我们才知道是先生的肝区疼。先生的这堂课是他为人做事的一个完美写照。

我高中毕业后，留校代课。教职工宿舍紧张，先生就让我住到了他的宿舍里，并且每天利用晚上洗脚的时间为我讲诗。在我离开塘中去焦家坞农业高中授课时，先生告诉我如何给高中生讲好第一节课。当我们回塘中参加高考时，每天都把带的午饭放在先生的炉子上烤热，中午我们几个同学吃饭时，先生不但关切地问"考得怎样"，更是鼓励我们把后面的考好。当先生得知我的高考志愿报得不好时，非常不高兴，狠狠地批评了我。当先生得知我拿到大学录取通知书时，高兴的心情丝毫不逊于我的父母。当我到大学读书后不久，先生就以十分优秀的成绩考取了启功先生的首批硕士研究生，并自此在北京师范大学，在启功先生的身边开始了学习、教学与研究的新生活。

我大学毕业后回到了北京，一直与先生保持着密切的师生关系。尤其随着岁月的流逝，年龄的增长，我愈发地珍视先生对我的授业之恩，愈发地珍惜纯洁的师生之情。其实，我从小学到大学，应该说，遇到了许多好老师，至今，我还都能说出他（她）们的名字，都能说出他（她）们对我的好！只不过是由于各种原因，没都一一保持联系，现在想联系时，又十分困难了！

赵先生是我遇到的所有好老师的代表。如

果没有这些老师的精心培养，就不会有赵克义的今天。感谢我生命中遇到的每一位老师！

惊喜之二：我遇到了一位益友。这位益友就是本书的序二作者：金洪戈。

因为是在一个系统工作，因为是同龄人，因为有相似的家庭背景和相同的个人爱好，与金洪戈能够成为朋友是必然的。而我们之间能够成为挚友、益友、通家之好的朋友却是偶然的。

与洪戈的初次相识是 1988 年的年底（或是 1989 年初），我所在的支行召开了一个工作研讨会，洪戈同志是以上级行体改办领导的身份被邀请参加会议指导工作。中午吃饭时，因为那时支行没有食堂，也没有客饭的明确标准和办法，另一位支行领导因为有事儿也没能招待，这便给我们提供了一个机会。我个人掏腰包，请洪戈在支行附近的黔灵饭庄共进午餐。几个小菜，每人两个"扁二"，便喝开了，便聊开了。喝得痛快，聊得敞亮。两个初次相见的大老爷们儿，竟然把各自压箱底儿的秘密都聊了出来。正是这一聊，聊出了一辈子的交情，聊出了通家之好。

有了这次的二人对酌，我们的交往便有了牢固的基础。后来我到了分行工作之后，我们交往得就更多了。尽管我们的性格有很大差异，但这丝毫没有影响我们在工作上的互相帮助，在生活上的互相关心，在学习上的互相促进、共同提高。

现在，我和洪戈都退休了，虽然各自都在为隔辈人忙碌着，但我们两人，我们两家仍保持着良好的联系。尤其我们二人，是经常要对坐小酌一番的。每当这个时候，我们便会谈起过去，谈起许多曾经的朋友，谈起那些共同经历过的、难以忘记的往事。谈着、谈着，我们便会放声大笑起来，不约而同地说道："人生得一知己，足矣！"

人，该知足就要知足。知足者才能常乐。我能够遇到赵先生这样的老师，遇到金洪戈这样的朋友，是我的幸运。我十分珍惜这难得的师生情和朋友情。

最后，我用一首小诗结束这篇所谓的后记。

心田一片待人耕？耧耙犁铧各用情。

六十年来无憾事，良师益友慰平生。

2021 年 7 月 17 日夜于密云